K. J. von Bienenberg

Biographie des heiligen Abtes Prokop

K. J. von Bienenberg

Biographie des heiligen Abtes Prokop

ISBN/EAN: 9783743354418

Hergestellt in Europa, USA, Kanada, Australien, Japan

Cover: Foto ©Raphael Reischuk / pixelio.de

Manufactured and distributed by brebook publishing software (www.brebook.com)

K. J. von Bienenberg

Biographie des heiligen Abtes Prokop

Biographie
des
heiligen Abtes Prokop
nebst der
Geschichte
seines Klosters zu Sazawa.

Von

K. J. Ritter von Bienenberg.

Prag 1796
bey Johann Buchler Buchhändler.

Vorbericht.

Die Geschichte des Vaterlandes, und alles was zur Bereicherung derselben beyträgt, muß jeden, der seine Heimath schätzt, interessiren — Aus diesem Grunde glaubt man, dem biedern, sein Vaterland so sehr liebenden Böhmen durch Herausgabe der gegenwärtigen Schrift einen Dienst zu erweisen.

Ihr Verfasser, der gelehrte Herr von Bienenberg, ist durch seine frühern Schriften * schon lange jeden Böhmen auf eine rühmliche Art bekannt; Er behauptet daher einen vorzüglichen Platz unter den Geschichtsforschern Bohemiens, und fast alle neuern vaterländischen Historiker, ein Dobner, Pelzel, Pubitschka, von Riegger, Schaller u. s. w. beziehen sich in ihren Werken auf Ihn.

Auch diese gegenwärtige Schrift zeigt neuerdings von der weitläufigen Belesenheit und

---

* Beschreibung der Alterthümer Böhmens; Analekten des Kreuzherrenordens; Geschichte der Städte Königinhof und Königgraz u. s. w.

und Erudition des Herrn Verfassers, und von seinem löblichen Eifer, der Ihn von jeher beseelte, Alles, was die Geschichte unserer Heimath betrifft, zu erforschen. Sie enthält mehrere, den Leser gewiß interessirende, bisher noch unbekannt gebliebene Data, und ist nach folgender Eintheilung geordnet.

I. Kurze Biographie des heil. Böhmen Prokop.
II. Gründung seines Klosters zu Sazawa und
III. Verzeichniß aller 44 Aebte, während der achthalbhundertjährigen Existenz desselben.
IV. Skizze desjenigen, was sie für ihr Konvent, für die Gegend, und für das Vaterland gewirket haben.
V. Auflösung und Verheerung des Klosters durch die Taboriten, dessen nachherige lange Unbedeutenheit.
VI. Widererrichtung, und Akquisitionen dieses Klosters, und
VII. Geschichte der unter Joseph II. im Jahre 1785. erfolgten Wideraufhebung desselben.

Der Verleger.

Schon die heutige Beschaffenheit des Thals, welches der Sazawafluß durchschlängelt, an dessen Ufer das aufgehobene Benediktinerkloster stehet, ist hinlänglich, sich ein Vorbild zu mahlen, wie schaudernd die Verwachsung und Wildniß gewesen seyn müsse, als in selber unter einer Menge wilder Thiere ein einziger Mensch eine Höhle aufsuchte, und selbe zu bewohnen anfieng. Dieser hieß Prokop, welcher ohne besondere Gnade Gottes zu so einer Entschliessung, die mit einer strengen Lebensart, allem Ungemache, und mit Absönderung von menschlicher Hilfe verbunden war, nie gelangen konnte, und dennoch beharrte er standhaft in dieser Wahl bis zu seiner Entdeckung.

Das Jahr, in welchem dieser Mann die Welt verlassen, und sich einer Einöde gewidmet hat, unterliegt annoch dem Gezänke der Gelehrten. Einige (*) setzen das Jahr 1009. an, in welchem Prokop die Sazawer Höhle zu bewohnen angefangen habe; dagegen sind andere (**), die ein viel späteres Jahr, nämlich 1033. angeben. P. Hugo Fabricius beruft sich auf einen gleichzeitigen Schriftsteller, doch glaube ich,

(*) Bon. Pitter. Thes. Abscond. p. 174. idem in pietat. Benedict. Hugo Fabricius. Pojehnaná Památka &c. p. 88. chron. Geschichte Böhm. III. Theil S. 199. ꝛc.
(**) Hayek. Gelas. Dobner. Part. v. pag. 45. & 195. & seq.

ich, daß, wenn Prokop zwischen dem Jahre 970. und 979., wie er erzählet, zu Chotaun, einem im Kaurzimer Kreise (heute zur Herrschaft Podiebrad in dem Bidschower Kreise) gehörigen Dorfe zur Welt kam, er ja schon bis im Jahr 1009. zwischen 30 und 39 Jahr alt war; wenn endlich Hanecks Verstand sich beym Jahr 1033 auf dessen Eintritt in die Einöde bezöge, Prokop bis dahin 54 oder gar 63 Jahr alt müßte gewesen seyn, welches darum schwer zu glauben ist, weil ein so abgelebter, und an eine andere Lebensart gewöhnter Mann niemalen eine so strenge Lebensart ausgehalten haben würde, und da er noch bis zum Jahr 1053. gelebt hat, müßte er 74 oder gar 83 Jahr alt geworden seyn, welches doch niemand behaupten wird, es auch dessen, nach seinem Tode, gemaltem Bilde widerspricht; zudeme weiß man nicht, wie lange Prokop in dieser Höhle gelebt habe, ehe er von Herzog Udalrich entdecket worden, der doch im Jahr 1009. noch nicht Landesfürst war. Wir wollen daher immer annehmen, daß sowohl in seinem Geburtsjahr, als Eintritt in die Einöde ein viel zu frühes Jahr angesetzt seye, und wenden uns zu den vornehmsten Umständen, die sowohl diesen heiligen Mann, als das Kloster, bekannt machen.

Er war zu Chotaun, einem Dorfe zwischen Böhmischbrod und Kaurzim, von adelichen Eltern gebohren, in der slawischen, vom heiligen Cyrill eingeführten Schreib- und Leseart, überhaupt aber nach dem slawischen Gebrauch unterrichtet, welchen er auch alsdann in dessen Kloster beybehalten hat (*). Hammer-

---

(*) Mon. Sazaw. apud. Menken. Bohusl. Bylegowsky druckt sich aus: A kdyż se w kněžstwj vwažal na lown gja, v keky Sázawy, a sám po gelenu běže, nábožného Prokopa na pausstj nechtie nalezl. Tu gemu kostel ke cztj Pána nasseho Gezu Krysta, a geho milé Matce Panně

merschmid in glor. Wiſſehr. pag. 27. ſaget: der heilige Prokop hätte vor ſeinem Eintritt in den Benediktinerorden auf dem Wiſchehrad an der S. Klemenskirche eine Prieſterpfründe beſorget, dort wäre er den freyen Künſten, deren Lehre daſelbſt geblühet hätte, obgelegen, welches den Verfaſſer der chronolog. Geſchichte Böhmens (*) verirren gemacht hat, aus Prokop einen Domherrn an der S. Peterskirche zu erſchaffen; da doch Hammerſchmid nicht der S. Peters- ſondern S. Klemenskirche gedenket, und die S. Peterskirche 50 Jahr ſpäter vom Herzog Wratislaw geſtiftet worden iſt; dann giebt er an, daß die ſlawiſche Schreib- und Lehrart auf dem Wiſchehrad wäre vorgetragen worden. Dieſe Anmerkung kann ich darum nicht übergehen, weil der Sazawer Mönch (**) nicht in dieſem Sinne zu leſen, ſondern deſſen Verſtand bloß auf die Vollkommenheit in der ſlawiſchen Schreib- und Leſeart gerichtet iſt, die ſich Prokop eigen gemacht hat. Dieſer war demnach kein Domherr, ſondern ein bepfründeter, und beweibter (***) Weltprieſter an der S. Klemenskirche auf dem Wiſchehrad, ehe er den Benediktinerorden angenommen hat, und ich meine auch nicht, daß des Mabillonius Zuſage: daß auf

panně Marygi, we gméno S. Jana Křtjtele vſtawěl, w němzto S. Prokop s bratřjmi ſlužbu Božj, proceſſy y wſſeckna zgjwánj čeſtým gazykem způſobil za Sewera Biſkupa Pražſkého ſeſtého.

(*) II. Theil S. 201.
(**) Apud Menken pag. 1782.
(***) Dieſes ſagt der Monachus Zazawien. ausdrücklich loc. cit. und ich ſehe nicht ein, warum ſich die geiſtlichen Schriftſteller immer bemühet haben, darüber mit Stillſchweigen hinwegzugehen, denn damals war die Prieſterehe nicht verwehrt, und Cosmas, Dombechaut an der Metropolitankirche zu Prag, hinterließ beym Jahr 1117. die Gedächtniß des Hinſcheidens ſeiner Gemahlin mit folgenden Verſen:

Rerum cunctarum Comes indomata mearum
Bis februi quinis obiit Boſetecha Kalendis.

auf dem Wischehrad damals dalmatische Litteratur gelehret worden, so ganz ohne Prüfung angenommen, und behauptet werden könne, daß dieser slawische Ritus auf dem Wischehrad wirklich gelehret worden seye.

Daß dieser Mann, um sich dem Weltgetümmel loß zu reissen, sein Haus, Ehegemahlin, Feldbau, Bluts- und Anverwandte, ja sich selbst verläugnet, und den Mönchsstand (wie sich Mon. Zasa. ausdrücket) gewählet habe, und daß dieser Stand der Benediktinerorden war, habe ich allerdings Ursache zu versichern; daß er aber in das Kloster Brżewniow unter dem Abten Hieronymus, anderst Dobromir, getreten, und diesem Abten die gewöhnlichen Ordensgelübde abgelegt habe (wie der Raygerer Abt, Bonaventura Pitter, aus dem Dubnaw anziehet) kann ich unmöglich beyfallen; denn so gewiß es ist, daß Prokop ein Priester nach dem slawischen Ritus war, so sicher ist im Kloster zu S. Bonifaz und Alex, oder Brewniow, immer der entgegengesetzte lateinische Ritus in Uebung gewesen; endlich saget dessen Lebensverfasser nichts anderes, als daß der heilige Prokop durch einen Mönch des Benediktinerordens in den Ordensregeln und Satzungen fleißig unterrichtet worden seye, sich sodann in seinen Geburtsbezirk begeben, und von da aus eine Höhle zum einsiedlerischen Leben ausgesuchet habe.

Prokop war demnach aus einem Weltpriester und Ehemann ein Mönch, ohne damals die Probjahre zurück- und die Gelübde abgelegt zu haben, und als dieser ein Eremit, in einer abscheulichen, von seiner Heimath Chotaun drey Meilen entlegenen Wüste am Sazawafluß. Die Höhle, welche er sich zum Aufenthalt erwählet hat, war (nach dem Bericht und der Meinung dessen Biographen) von tausend Teufeln bewohnt, die er zuvor heraustreiben mußte, um sich einen ruhigen Aufenthalt zu verschaffen. In der Lage eines strengen büs-

senden Lebens, im Genuße wilder Erdfrüchte, und in Gemeinschaft wilder, zamgemachter Thiere brachte Prokop seine Zeit zwar von der Welt verborgen zu; dessen ungeachtet konnte er sich aber nie so sehr verborgen halten, daß nicht der Ruf dessen Heiligkeit die Nachbarschaft seines Aufenthalts in Staunen gebracht hätte. Endlich war es dem Herzog Udalrich vorbehalten, auf der Jagd, in Verfolgung eines Hirschens, von ungefähr auf Prokops Höhle zu stoßen. Dort wurde der Herzog von der Heiligkeit dieses Mannes überzeugt, als er das, um den Durst zu löschen, anverlangte Trinkwasser durch des Heiligen Segnung in Wein verwandelt fand; und dieses gab Udalrichen Anlaß, ihm den Antrag zur Errichtung eines Klosters zu machen, in welchen Prokop nach vollbrachtem eifrigen Gebete willigte.

Welches Jahr alles dieses erfolget, und der wirkliche Anfang zum Kloster- und Kirchenbau veranstaltet worden seye, kann niemalen verläßig bestimmet werden, weil die Nachrichten der Schriftsteller zu wenig übereinskommen; inzwischen scheinen doch die meisten sich dahin zu vereinigen, daß die zur Ehre unserer lieben Frau, des heiligen Johann des Täufers, und aller Heiligen erbaute Kirche und das Kloster zwischen dem Jahre 1035. und 1039. in vollkommenen Stand gebracht, und Prokop zum ersten Abten gesetzt worden seye: obschon in der Stiftung selbst der größte Anstand lieget, weil einige den Herzog Udalrich zum Stifter angeben, andere aber diese Ehre Prokopen einräumen. (*) Prokop wurde zwar durch den Herzog Udalrich angeeifert, für den Ort seiner Einöde auf ein Kloster anzutragen, und zu dessen Besetzung sich Brüder seines Ordens auszusuchen, zu welchem Ende Udalrich ihm Beystand geleistet, doch nie das Kloster allein gestiftet, sondern die volle Ausführung seinem Sohne überlassen hat; wo inmittelst Prokop mit
eini-

(*) Monach. Zazaw.

einigen angeworbenen Brüdern, theils ein Einsiedler= und theils ein Mönchsleben führte, bis durch günstige Umstände das Kloster nach und nach hergestellet werden konnte. Auf diese Art dauerte der Bau bis zur Regierung Herzog Brzetißlaws, indem erst zu dessen Zeiten Prokop zum Abten des neuen Klosters genöthiget, und von Bischof Sever mittelst Zwang gesalbet wurde; daß diesemnach Udalrich, dessen Sohn Brzetißlaw, und Prokop selbst, als Stifter dieses Klosters angesehen werden müssen. Weder Udalrichs Stiftungs= noch die Ausführungs= und Bestätigungsurkunde seines Sohns Brzetißlaw, und wieder dessen Sohns Wratißlaws, waren der Nachwelt vorbehalten, sondern sind entweder durch Unrecht der Zeiten verzehret worden, oder aber befinden sich annoch irgendwo in alten Mauern eingekalket. Indessen bestund die Stiftung in Ausweisung des Landstriches um die Höhle, der nächsten Dörfer, Städtchen, Aecker, Wiesen, Waldungen, Bäche, und des Flußes selbst, von Milobuz bis an die Höhle, welche in der Landsprache Zakolnyka genannt wurde; und vielleicht war Chotaun selbst, entweder durch Prokop oder dessen Anverwandte der Stiftung zugegeben, so wie alle anstoßenden Wiesen und Waldungen; und obschon diese Stiftung von den nachkommenden Erben angefochten wurde, bestund doch Herzog Brzetißlaw darauf, vernichtete die Anfälle, lößte die anliegende Aecker und Wiesen zu beeden Seiten um 600. Denarien ein, übergab aufs neue die ganze Nutzung an Prokop, und ließ alles dieses von seinem Sohne Wratißlaw unter Zeugenschaft der vornehmsten Landesherren bestätigen; schließlichen aber widmete dieser Herzog annoch aus eigener Großmuth den umliegenden Landstrich bis zum Wald Strunkow.cz, dann das Dorf Skramnik (*) und einen Teich

(*) Skramnik ein Dorf nahe an Chotaun, wo Prokop gebohren war.

Teich (*) zum Fischen, mit nöthigen Holzungen, welchen er um 100. Denarien ankaufte, diesem Abten Prokop, und seinen Nachfolgern, um seiner Seele in der Zukunft ein Mittel zu verschaffen. Der Herzog Brzetislaw soll durch eine nächtliche Erscheinung zur Vollbringung des Kirchen- und Klostergebäudes ermahnet worden seyn, und dieses Gesicht dem Bischof Sever eröffnet haben, worauf nicht nur der Bau beendet, Prokop zur Annahme der Abtswürde überredet, sondern die Stiftungsbriefe in Gegenwart des bezogenen Bischofs Sever von Herzog Brzetislaw in der sazawer Kirche auf den Altar gelegt, und Prokopen, dann seinem versammleten Convent, überantwortet worden seyen.

Hanek hat beym Jahr 1035. den bey dieser Feyerlichkeit vom Herzog geäußerten Fluch über jene, welche die Stiftung anfechten würden, bekannt gemacht. Ich will ihn von Wort zu Wort hieher setzen, weil es wahrscheinlich ist, der Herzog habe selben in diesem Orte in der Landessprache vorgetragen, weil dort der slawische Ritus bis zur Austreibung der Mönche in Uebung war; dort heißt es also: Otče pocciwý Prokope a bratře řádu swatého Benedykta! wám dáwám y waššim budúcým wssecky tyto listy mými pečetmi vtwrzené, a teď ge na altář kladu blahoslawené Panny Marye, abyste ge odtud w swé ruce přigali, a wssecka zbožj w nich napsaná, a odeme wám dána, abyste držali, gich vžiwali wy

y

war, aus wessen Gelegenheit diese Schänkung geschehen seyn mag, und vielleicht war Chotaun selbst, entweder durch Prokop oder dessen Anverwandte der Stiftung zu gegeben. Denn der Oppatowizer Abt Neplacho saget beym Jahr 1033. Anno MXXXIII. Factum est initium Zazavienfis Eccles. per Primum Abbatem, nunc S. Procopium Chotunenfem dynaftam.

(*) Diesen Teich nennet P. Hugo Fabricius den berühmten Fostelezer Domek, welcher ausnehmend schmackhafte Fische liefert.

y wafsi budúcý až na wěky, gestli žeby pak kdo této mé wám včiněné milosti, na odpor býti chtěl, a wám toto zboží, buď na dýle, aneb wssecko odgjti, a sobě osobiti chtěl, aneb osobil, a ge držal, takowý aby vpadl w hněw Boží, a Pán Bůh aby geg slepotú a chudobú trestal, tak aby nedostatek na zdráwj on y rod geho těž y na statku on y rod geho trpěl, dotud, dokudžby nevznal Pána Boha swého, a gemu geho zboží odemne nadaného, zase nedal, a nenawrátil.

Dieser Fluch hat sich in dem alten Kloster im lateinischen Text auf der Wand, auf welcher die Stiftungsgeschichte mit der Urkunde gemahlet war, bis zur Einäscherung des Klosters erhalten. Ein Mönch hat annoch als ein Bruchstück davon folgenden Inhalt abgenommen: SI VERO ALIQVIS HVIC MEÆ VOBIS COLLATÆ GRATIÆ CONTRARIUS ESSE VELLET, ET HÆC BONA, SIVE IN PARTE, SIVE IN TOTO ADIMERET, ET SIBI ADSCRIBERET, EAQVE TENERET, IS IN IRAM INCIDAT DIVINAM, ET DEVS CÆCITATE ET PAUPERTATE ILLVM PUNIAT, ITA, VT HABEAT DEFECTVM SANITATIS TAM IPSE, QVAM EIVS PROGENIES, ITEMQVE DEFECTVM BONORVM TAM IPSE, QVAM EIVS PROGENIES, TAM DIV, QVAM DIV NON AGNOSCET DEVM SVVM, ET IPSI SVA BONA A ME SIBI COLLATA NON RESTITVET.

Da solcher Gestalten das Kloster Sazawa in der Person Prokops einen von dem Herzog Bržetislaw bestimmten, und von Bischof Sever mit Zwang geweihten ersten Abten erhalten hatte, nahm dessen Ansehen, Herrlichkeit und Macht immer mehr und mehr zu, daß auch die Benediktinerklöster in Welicz und Seelau unter dem Sazawar Abten stunden. Wie übrigens dieser Mann sich sowohl im Leben, als nach
dem

dem Tode mit Wunderwerken ausgezeichnet hatte, gehöret nicht zu meinem Vorhaben, da ich gegenwärtig nicht dessen Leben und Wunderwerke zu beschreiben, sondern bloß durch Analekte für das von ihm gestiftete Kloster einen Beytrag der vaterländischen Geschichte, zu liefern denke. Doch können einige Erinnerungen nicht vorbey gehen, vornemlich: daß kein gleichzeitiger Schriftsteller jemals gesagt habe: Prokop habe mit dem Teufel Felsen geackert, sondern daß diese Zumuthung dahin zu verstehen seye: daß Prokop, wider die Gewohnheit der trägen Böhmen, eine wilde Gegend fruchtbar gemacht, welches die Bewunderung, daß es nicht ohne teuflische Beyhilfe geschehen seyn könne, nach sich gezogen, und diesem Heiligen einen höllischen Gehilfen aufgedrungen hat; ferner daß er der Leichenbegängniß des seligen Guntherus in Brzewniow (wie P. Bonaventura Pitter will) zugegen gewesen seye, um so weniger wahr seyn könne, weil Prokop, wie oben dargethan wurde, kein lateinischer, sondern slawischer Mönch war, und nie zu Brzewniow die Ordensgelübde abgeleget hatte; — auch daß er dem aus Pohlen gebrachten Leib des heiligen Adalbertus in dem feyerlichsten Einzug zu Prag auf seinen Schultern getragen habe; welches Hanek ohne Beweis saget, und andere Dinge mehr, die vielleicht eher dessen Ruhm verringern, als verbreiten, wo im Gegentheil seine wahren Wunderthaten immer ihr Ansehen sowohl bey älteren als neueren Schriftstellern behalten, welche sie mit Behutsamkeit niedergeschrieben haben.

Als die Auflösung Prokops annahete, und er die Leibesschwäche fühlte, berief er seinen Neffen Vitus, und seinen Sohn (*) Emeram, die er erzogen hat-

---

(*) Im Text des Sazawer Mönchs stehet ohne Zusatz: & filio suo bonæ indolis Emerammo .... Darum wird nicht abgesehen, was den P. Hugo Fabricius, und den Verfasser der Chronolog. Geschichte Böhmens bewo-

hate, beede Mönche seines Klosters, und eröffnete denenselben, daß er nach drey Tagen in jene Welt übergehen würde, empfahl sie Gott, gab ihnen heilsame Lehren, und weissagte denenselben, daß sie Herzog Spitignew Sohn des Herzogs Brzetißlaw hart behandeln, aus dem Kloster und Lande treiben, nach sechs Jahren aber Herzog Wratißlaw sie wieder zurückberufen würde. Am Tage seines Hinscheidens ließ er alle Brüder aus der Kirche berufen, sich mit der letzten Zehrung versehen, tröstete die Anwesenden, und starb in aller Gegenwart den 25 März 1053.

Der prager Bischof Sever begrub ihn unter häufigen Ehrenbezeugungen in der erbauten Sazawer Klosterkirche unserer lieben Frau; da aber der entseelte Körper wegen Zubereitung seiner stattlichen Begräbniß mehrere Tage liegen mußte, ließen die Brüder dessen Bildniß durch einen Künstler abmahlen; aus welcher Ursache dessen Bildniß in der Sazawerkirche mit geschlossenen Augen vorgestellt wird.

Bevor ich zu seinem Nachfolger in der Abtswürde schreite, muß ich auf die von dem Verfasser der chronologischen Geschichte Böhmens im III. Theil Seite 348. vorgestellte, und von dem Exprovincial Herrn Gelas Dobner im V. Theil der Hagekischen Analen Seite 318. durchgehächelte Sazawermünze einen Blick werfen, und soweit meine Leser versichern, daß diese Münze nicht in der vorgestellten Größe, auch nicht von Bley, die der königgrätzer Platzmajor Herr von Schick gesehen haben soll, sondern wirklich von Silber in der Größe eines dermaligen Groschen, oder wie die Münzen der Könige von den prager

Gro-

wogen hat, das Wort Spiritualis, oder Geistlich, zuzusetzen; dann wäre hier nicht die Rede von einem ehelichen Sohn, es würde gewiß der Sazawermönch das Wort Spiritualis zugesetzt haben, dieses war aber überflüßig, weil ohnehin alle Mönche geistliche Söhne des Abten sind.

Groſchen war, vorhanden geweſen ſeye; nicht nur einige derley Münzen ſind zur Zeit, als die Franzoſen in Böhmen waren, das iſt: 1742. an der Gartenmauer, wo man den Ort v Mynce nennet, aus Gelegenheit einer Vergrabung gefunden, ſondern auch bey Grabung der alten Kloſtermauer 1746. Schmelzöfen entdeckt worden. Ueber die Wirklichkeit der im Sazawerkloſter vorhanden geweſenen Münzen haben mich mehrere Geiſtliche dieſes Kloſters, welche die Münzen in Händen hatten, eidlich verſichert; drey davon mit Inbegrif jener, die im Kirchenſchutte 1751. gefunden wurden, und welcher P. Hugo Fabricius, und in Bezug deſſen der gelehrte Herr Franz Pubitſchka gedenket, wären ſtäts im Kloſterarchiv aufbewahret worden. Der Abt Anaſtaſius Slanczowsky hatte ſie dem Raygerer Abten Bonaventura Pitter bey Gelegenheit deſſen Sammlung für ſeine Klöſtergeſchichte zum Benutzen geliehen; ſie ſind jedoch von ſelben nicht mehr zurückgeſtellet worden. Nach oftmaliger Zuſage dieſer Männer enthielt die Hauptſeite die Bildniß des heiligen Prokops, die Rückſeite aber den böhmiſchen Löwen mit der Umſchrift: MONETA NOVA MONASTERII ZAZAW. ohne Jahrzahl.

Es iſt ſehr ſchwer, verläßiger davon zu reden, aber vielleicht war ſie eine Gedächtnißmünze, zu welcher der ausgebreite Ruf des heiligen Prokops, und deſſen Heiligſprechung im Jahr 1204. oder die im Jahr 1025. geſchehene Erwählung zum Landespatron Gelegenheit gab, ohne daß darum dem Sazawerkloſter das Münzrecht eingeſtanden wurde. In meiner Münzſammlung befinden ſich eine Menge böhmiſcher und ausländiſcher-Familien Gedächtnißmünzen, und doch wäre albern zu behaupten, alle dieſe hätten das Münzrecht ausgeübet.

Nach Prokops Tode haben die Brüder einmüthig deſſen Neffen Veit (Vitus), einen Ehrwürdigen und

und im Ruf der Heiligkeit gestandenen Mann, zu ihren Abten erwählet, und dieser mußte die Vorhersagung, welche Prokop gemacht hat, in der That erfahren; denn Herzog Spitignew, der nach dem Tode seines Vaters Brzetislaw die Landesregierung übernahm, ließ sich durch Verläumder — daß im Sazawerkloster mittelst des daselbst ausübenden slawischen Kirchenritus, Ketzerey und Gleisnerey unterstützt würde, es daher also besser wäre, dieser slawischen Ausübung ein Ende zu machen, und das Kloster mit lateinischen Mönchen zu besitzen — dahin verleiten, daß er den Abt Veit, dessen Vetter Emeram, und jene Brüder, die mit selben in Eintracht lebten, auswarf, und einen deutschen Abten, dem der Sazawermönch kein vortheilhaftes Zeugniß giebt, doch nicht mit Namen nennet, diesem Kloster vorsetzte; wo inmittelst Abt Veit, dessen Vetter Emeram, und die ausgetriebenen Mönche nach Hungarn reisten, dort Schutz suchten, und fanden.

Der Sazawer Mönch, der ein gleichzeitiger war, und seine Geschichte dem damals lebenden prager Bischof Sever zuschrieb, erzählet diese ins Jahr 1056. oder 1057. gehörige Geschichte des neu eingesetzten Abtens folgendermassen: Der heilige Prokop wäre gleich die erste Nacht dem vom Herzog bestimmten Abten, als er nach der Gewohnheit zur Abhaltung der Chorstunde nach der Kirche gieng, am Eingang der Betstube vorgetreten, hätte ihn befraget, aus wessen Macht er hier verweile, und was er suche, dem dieser Abt geantwortet, es geschehe durch die Macht des Herzogs, der ihm bis zu seinem End das Kloster übergeben habe; allein der heilige Prokop habe ihm gebothen, sogleich das Kloster zu verlassen, weil er sonsten die göttliche Rache empfinden würde, und hierüber seye er verschwunden. Der Abt habe diese Erscheinung für eine Blendung des Teufels

ge-

gehalten, und sich nicht daran gekehrt; die folgende, und dritte Nacht hätte der heilige Mann seine Bedrohungen wiederholt, endlich aber in der vierten Nacht, als der Abt abermals in die Chorstunde gieng, wäre selbem der heilige Prokop erschienen, hätte ihm seinen Ungehorsam verwiesen, und mit dem in Händen gehabten Abtenstab denselben heftig zu schlagen angefangen, worüber der Abt eiligst sich davon gemacht, sich zu dem Herzog verfügt, und selbem den ganzen Verlauf hinterbracht hätte; der Herzog seye hierwegen heftig betroffen und unentschlüssig geblieben. Daraus ist dann zu schliessen, daß weder dieser deutsche Abt jemals mehr zurückgekommen sey, noch daß bey Lebzeiten Spitignews die vertriebenen Mönche zurück berufen wurden.

Nach Spitignews Tod, welcher 1061. den 28. Jäner erfolgte, übernahm die Landesherrschaft dessen Bruder Wratislaw IIte. Dieser berief den Sazawer Abten Veit und seine Brüder aus Hungarn wieder zurück, übergab ihnen neuerdings das Kloster mit dessen Stiftung, welche im Jahr 1063. oder 1064. selbes wieder besetzten. Sie sollen während ihres Exulats ein kleines Kloster, Luka, bewohnet haben, welches ihnen des Herzogs Wratislaw Mutter, Judith, erbauet habe, und deren Uberbleibsel sie zur neuen Beerdigung in der Prager St. Veitskirche mit nach Böhmen gebracht haben. Solchergestalten wurde die Vorhersagung des heiligen Prokops erfüllet, und an Wratislaw hatten diese Mönche ungeachtet der Widerstrebung des Pabstes Gregor VII. einen Beschützer des slawischen Kirchendienstes, und, nach Bericht des Cosmas, hat im Jahr 1070. Bischof Gebhard, anders Jaromir, Bruder Herzogs Wratislaws, den 29. Juny die Kirche zu Sazawa zur Ehre des heiligen Kreuzes geweihet, und in hohen Altar die Reliquien vom heiligen Kreuz, etwas von der Kleidung Maria, eine Reliquie vom heiligen Peter Apostel;

B

ſtel, heiligem Stephan, und heiligem Georg eingelegt. Abt Veit beherrſchte das Kloſter noch eine Zeitlang mit ausnehmenden Verdienſten, überließ jedoch bey Annahung seines Lebensende, mit Einwilligung der Brüder, des Herzogs und seiner Hofherren, die Abtswürde seinem Blutsfreund Emeram, worauf er in wenigen Tagen darauf sein Leben beschloß. (*)

Das Jahr seines Uibergangs in jene Welt meldet der Sazawer Mönch nicht. Es wollen zwar P. Hugo Fabricius und P. Benedict Chwalkowſky das Jahr 1067. angeben; allein da in den Kloſter hrabiſcher Diplomen vom Jahr 1078. unter anderen Zeugen auch Abt Veit erſcheinet, welcher bey Bonaventuta Pitter in Thes. abſcond. S. 185. der nämliche Sazawer iſt, so mag er noch bis dahin gelebt haben. Sein entſelter Körper wurde am Eingange links in ſeiner Mutter-Gottes-Kirche der Erde übergeben.

Emeram dritter Abt, Sohn des heiligen Prokop, soll 1067. die Abtswürde von seinem noch lebenden Freund übernommen haben. Da aber die bezogenen Diplomen ein ſpäteres Jahr vermuthen laſſen, so wollen wir auch das Jahr 1078. darum annehmen, weil Emeram nach kurzer Beherrſchung 1079. oder 1080. ſtarb.

Die Brüder begruben ihn in der Mutter-Gottes-Kirche rechts am Eingange. Der Sazawer Mönch legt ihm ein beſonderes Lob bey, und hält ſich viel bey deſſen Tugenden auf. (**) Nach deſſen Tod wurde auf Anempfehlung Königs Wratislaw durch Wahl der Mönche Bozetechus oder Bozethecus zum IV. Abten dieſes Kloſters erwählet, und 1080. eingeführt. Er war ein Mann von erhabener Denkungsart, leutſelig, ſowohl im Malen, Bildhauen, als Drechseln ſehr erfahren, und hatte ein beſonderes Gedächt-

---

(*) Monachus Sazaw.
(**) Monachus Sazaw.

dächtniß, war aber dabey eitel, frech, zornig, und manchen andern Lastern ergeben. Kloster und Kirche hat er, wie unten folgen wird, erweitert, mit allen Erfordernissen versehen, gezieret, und durch Anlegung der Gebäude verherrlichet. Doch entstund gar bald wider ihn eine Verschwörung der Brüder, welche Demetrius, Canan, und Galisso, Brüder und Priester von schlechtem Verhalt, anzettelten. Die Beschuldigungen drangen zu den Ohren des Königs Wratislaw, der den Abten einzig liebte, selben allen böhmischen Abten verzog, und ihm besondere Gnadenmerkmale zu erkennen gab. Dem Prager Bischof Cosmas, den der Abt unvorsichtigerweise einstens gröblich beleidiget, und dem König bey einer Feyerlichkeit die Krone auf den Kopf gesetzet hatte, welches dem Bischof zustund, war diese Gelegenheit willkommen. Er war so sehr über Bozetechen unversöhnlich erbittert, daß er allen Verläumdungen Gehör gab, und auf dessen Absetzung drang; allein der Bischof konnte den beständigen Zusetzungen, und Fürbitten der königlichen Hofherren nicht widerstreben, erließ endlich dem Abten doch mit dem Beding die Schuld, daß, weil er gut bildhauen, und drechseln könne, er aus heiligem Gehorsam, und um seine Schuld abzuwaschen, ein Crucifix seiner Grösse und Stärke verfertige, und selbes sammt dem Kreuz auf seinem Rücken nach Rom trage, und dort in der S. Peters-Kirche ablege, welches der Abt auch mit zerknirschtem Herzen in Erfüllung brachte.

Nach einiger Zeit brach abermalen ein Verschwörung obiger Brüder wider den Abten aus, welche auf dessen Vertreibung abzielte, um einem aus ihnen diese Würde zuwenden zu können; sie ergriffen alle Gelegenheiten, um die Ohren des Herzogs Braziſlaw, Nachfolgers des schon verstorbenen Königs Wratislaw, mit ausgesonnenen Verläumdungen

B 2 so-

sowohl für sich selbst, als durch ihre Freunde, recht voll zu lärmen, daß endlich auch dieser sowohl den Abten Bozetech, als dessen Mönche, ausrottete und vertrieb. Diese bösen Leute irreten zum Lohn ihrer Niederträchtigkeit im Elende herum, von welchen kaum einige nach vielem Herumirren, und langer Reue in ihr Kloster wieder aufgenommen wurden, und als Undinge daselbst ihr Leben beschlossen. Aus dieser Folge wurden alle Bücher des slawischen Gottesdienstes vernichtet, verworfen, nimmermehr in Uibung gebracht, sondern denselben ein Ende gemacht, indem das Kloster mit lateinischen, das ist: den römischen Ritus ausübenden Mönchen besetzt wurde. Hier fängt demnach erst der Zeitpunkt an, in welchem dieses Kloster mit dem Kloster S. Bonifaz und Alex, oder Brzewniow, den ersten Zusammenhang erreichte, da dessen Probst Diethardus, oder Theodardus, der auch Bogudar genannt wurde, 1097. den 3. Jäner, nach Einstimmung aller Landesherren, und Wahl des Bischofs Cosmas, von Herzog Brazislaw zum Sazawer Abten, in der Ordnung der V., ernennet wurde.

Mittlerweile hat aber (nach Bericht des Sazawer Mönchs) dieser Bischof Cosmas 1095. den 14. Oktober, die Betkapelle, welche vormals Abt Bozetech errichtete, eingeweihet; diese dehnte sich rechts vom Altar des heiligen Martin, und links vom Altar des heiligen Stephan bis zu Ende der Kruft aus; der in der Mitte dieser Betkapelle befindlich gewesene Altar enthielt die Uiberbleibsel des heiligen Peter heiligen Paul, heiligen Andreas, heiligen Bartholomäus, heiligen Thomas, heiligen Jakob, heiligen Philipp, heiligen Lukas, und heiligen Barnabas, Aposteln. Den folgenden Tag, das ist: den 15. Oktober, weihete dieser Bischof drey Altäre über der Kruft, (in welchen die Uberbleibseln vom Schweistuch des Herrn, von der Dornenkrone, von seinem Grabe,

und dem der heil. Mariä, ferner vom heiligen Kreuz, und dem heiligen Johann dem Täufer, heiligen Johann Evangelisten, und Apostel eingeschlossen wurden) dann ein anderes Altar unter der Kruft, in welchem die Uiberbleibseln vom heiligen Cosmas und seinen Brüdern eingelegt wurden; dann ein Altar links an der Kirche in der Kapelle, wo die Uiberbleibsel des heiligen Kreuzes, heiligen Lorenz Märtyrer, heiligen Blasius Bischof, und Märtyrer, heiligen Moritz Märtyrer, heiligen Pancraz Märtyrer, verwahret wurden. Den dritten Tag darauf, das ist: den 16. Oktober, sind wieder zwey Altäre geweihet worden, und zwar, der eine rechts, in welchem die Uiberbleibseln des heiligen Martin, heiligen Johann und Paul, heiligen Tyburtius Märtyrer, heiligen Xebius und seiner Gesellen, heiligen Benedict, Johann, Isaac, Matthæus, Christian, heiligen Niclas, heiligen Hyeronim, heiligen Udalrich, heiligen Fortunat, heiligen Adolphius, heiligen Lazar; das andere links, worinnen die Uiberbleibseln des H. Stephan, heiligen Georg, heiligen Panthaleon eingesetzt wurden.

Diethard wurde den 8. März 1097. von Bischof Cosmas eingeweihet und eingeführt. Dieser Mann fand alle Geräthschaften des Klosters und der Kirche dergestalt in dem elendesten Zustand, daß er nicht vermögend war, auch nur einen Monat mit seinen Brüdern sich zu verkösten; indessen leistete der Herzog aus seiner Kammer die Unterstützung, und nach und nach brachte dieser Abt durch seine Thätigkeit das Kloster wieder in Aufnahme und Vermehrung der Güter, und da er keine, besonders slawische Bücher fand, bemühete er sich selbst einen Theil Tag und Nacht zusammenzuschreiben, anzukaufen, andere durch Schreiben verfertigen zu lassen, und auf allerhand Art zusammen zu bringen; er legte selbst Weingärten an, arbeitete unermüdet an Verbesserungen,

gen, und haßte jene, die nicht gleichen Eifer zeigten, unterhielt die Einigkeit seines Klosters, und wurde endlich in ziemlich hohen Alter, nach einer langwierigen Gliederkrankheit, den 18. December im Jahr 1133. oder wie bey dem Fortsetzer des Cosmas Priester stehet, den 1. Hornung 1134., nachdem er 37. Jahr, 9. Monate und 11. Tage dieses Kloster verwaltet hatte, hingerafft.

Unter diesem Abten trat 1123. den 21. März, Silvester, welcher 1116. vom Bischof Hermann zum Priester geweihet wurde (*) in den Benediktinerorden zu Sazawa, wo er nach ausgestandenen Probjahren 1125. am Fest des heiligen Ordensstifters Benedikt den 21. März die Ordensgelübde ablegte, in Verdiensten stieg, von jedermann geehrt, und geliebet, auch bald zum Prior dieses Klosters erhoben wurde; 1131. reiste er nach Rom, wohin wir ihm dermalen nicht nachfolgen, sondern uns zur Przibislawa, einer nachgelassenen Wittwe des Groznata (Hroznata) der ein edler Landesherr war, wenden wollen. Diese Frau starb 1132. den 3. May im Kloster Sazawa, und wurde daselbst beerdiget. Sie war Mutter eines einzigen und geliebten Sohnes, Severus, ausnehmend tugendhaft, fromm, voll göttlicher, und Menschen-Liebe; aus Antrieb wahrer Andacht reiste sie mit Bischof Meinhard und anderen, bey Eingang des 1130. Jahrs nach Jerusalem, um das Grab Christi und andere heilige Orte zu besuchen, und kam eben so gesund wieder in ihr Vaterland zurück, als sie aus selbem abgereist war; da aber die Zeit ihrer Auflösung ankam, berief sie alle Anverwandten, machte ihre letztwillige Anordnung, und bestimmte mit aller Einwilligung unter gültigen Zeugen

das

(*) Cosmas hat sich mit diesen Versen hierüber ausgedrückt:
Dum viget Hermannus Pragensi Pontificatu,
Est sublimatus Silvester Presbyteratu.

s Dorf Goſtiwar (Hoſtiwarž)(*) mit dem anliegenden
alde, den Aeckern, Wieſen, und ihren andern dortigen
eſitzungen, wie auch das Dorf Poſaconick, (**) dem
ttesſpital, und heiligen Johann dem Täufer in Sazau
Sazawa) worauf ſie in wenig Tagen ſtarb, und in
: Sazawerkirche begraben wurde.

Nach Beyſetzung des verſtorbenen Abten Diet-
rd, oder Deodard, weswegen er in der Landſpra-
e Bogudar genannt wurde, erwählten die Brüder
muthig den 23. April. 1134. ihren Prior Silveſter
n VI. Abten. Er wurde von Herzog Sobieſlaw
it Uibergabe des Abtenſtabes beſtätiget, und von
iſchof Johann 1135. eingeweihet. Des Coſmas
rtſetzer legt ihm ein ausgedehntes Lob ſeiner Tu-
nden bey, und erzählet, daß Silveſter während ſei-
r Kloſterbeherrſchung eine ſtrenge Mönchszucht,
d ſeine Brüder immer aufrecht in ihren Pflichten
halten, auch die Muttergotteskapelle erbauet, ſelbſt
s Kloſter des heiligen Johann des Täufers mit
alereyen ausgezieret, die Mauern der Betkapelle,
. der Mitte von den Altären des heiligen Stephan
d heiligen Martin, mit Gewölbern, die Pflaſterung
r Kirche mit Platten von Petrinenberg zugeführten
teinen verſehen, den Schlaf- und Speisſaal, Kel-
r, die Küche, den Vorhof des Kloſters im Umgang mit
Säulen, und Gewölbungen niedlich ausgeſtattet, im
Dorfe Mnichowic (***) die Kirche zur Ehre des hei-
gen Michael und aller himmliſchen Tugenden er-
auet, und ſich Zeit ſeines Lebens dahin beeifert ha-
e, wie er ſich dem Hauſe Gottes in allem nützlich
rzeigen könne. Im

(*) Ein, heute den Obriſtburggrafen von Böhmen 1 1/2 Meil
von Prag gehöriges Dorf.
(**) Anderwärts Bozakonie; wo dieſes gelegen war, oder wie
es heute heiſſet, iſt unbekannt.
(***) Nach der Zeit brachte Theodorich Biſchof von Münden
das Kloſter Skaliz zu ſeiner Stiftung, dann fiel es weltli-
chen Herren zu, und ſtehet ſeit paar hundert Jahren bey
der Herrſchaft Kammerburg.

Im Jahre 1137. reiste Silvester mit dem Olmützer Bischof Heinrich Zdik, und anderen Böhmisch- und Mährischen Herren, aus Antrieb der Andacht und mit Bewilligung Herzogs Sobieslaw, nach Jerusalem, übertrug aber eher die Beherrschung seines Klosters, dessen Dechant Bero; weil aber diese Pilger in Constantinopel aufgehalten wurden, und daher nicht nach ihrer Absicht vor, sondern erst nach Ostern in Jerusalem anlangten, beschloß Bischof Heinrich, das kommende Osterfest, das ist: 1138. daselbst abzuwarten; die übrigen Pilger reisten, nach abgelegter Andacht, zu Wasser wieder zurück, hatten viele Gefahren und Stürme auf dem Meer auszustehen, welche Ursache waren, daß die übrigen zwey Gefährten dieser Pilgerschaft auf der Rückreise das Leben verlohren hatten. Der Fortsetzer nennet sie Boleslaw und Ruzin, ersterer wurde auf einer wüsten Insel begraben, der Ritter Rusin aber starb, ohne daß der Ort bekannt ist, den 13. Oktober, und Silvester langte den 24. December des nämlichen Jahrs wieder bey den Seinigen zu Sazawa an.

Als im Jahr 1139., den 8. August, Bischof Johann starb, wurde, durch Unterstützung Herzog Sobieslaws, Abt Silvester den 29. September zum Bischof in Böhmen erwählet; da aber Sobieslaw bald darauf nach seinem Hof Chwoyno verreiste, daselbst erkrankte, und (wie der Leser in meiner Geschichte der Stadt Königinnhof gefunden hat) auf dem Schlosse Hostiehradec, ehe Silvester eingeweihet war, starb, verlohr er seinen Unterstützer, und fand räthlicher, im Jahr 1140. dem Bisthum selbst zu entsagen, und in sein Kloster zurückzukehren.

Den 28. November trennte sich der am Kloster vorbeyfliessende Fluß Sazawa in der Länge von mehr als 20. Stadien von oben herab, daß die Klostermühle, welcher von Altersher nie Wasser mangelte, dermalen im Troken stund. Der Abt, die Brüder und

und Klosterdienstleute traten an das Ufer, besahen dieses Wunder, und fiengen im Trockenen, wider sonstigen Gebrauch, grosse Fische und Krebsen, und diese unterbrochene Abrinnung des Flusses dauerte von ein bis sechs Uhr (verstehe nach dem ganzen Stundenschlag) wo das Wasser wieder gewöhnlichermassen seinen Lauf fortsetzte.

Abt Silvester erfuhr das Schicksal, daß ihm der päbstliche Legat, Cardinal Guido, auf leere Angebungen im Jahre 1144. vom Amte entsetzte, und inmittelst die äbtliche Verwaltung seinem Dechant Bero übergab; aber das folgende Jahr wurde Silvester mittelst des zurückgehenden Olmützer Bischofs Heinrich Zdik wieder eingesetzt, und genoß die Zufriedenheit, daß im Jahr 1146. Bischof Otto seine in Sazawa erbaute Marienkapelle einweihete, und als 1147. den 12. Juny der Postelberger Abt Izcizlaus (Ozislaus) starb, dessen Dechant Bero daselbst zum Abten erhoben, und dieses Jahrs den 7. December geweihet wurde, der aber 1156. den 11. May starb. Der 10. Hornung des Jahrs 1161. nahm auch den Abten Silvester im acht und zwanzigsten Jahr seiner Regierung hinweg; dieser wurde in seiner Kirche mit allgemeinen Leidwesen der Brüder nicht weit von der Thür linker Hand, das ist: an der Evangeliseite, begraben,

Der Fortsetzer des Cosmas giebt ihm vollkommene Zeugniß seiner Rechtschaffenheit, und vorleichtenden Tugend mit den Schlußversen:

Quod locus ille Patrem vix invenit sibi talem
Moribus & vita, ceu Silvester fuit Abba.

Das Grab dieses Mannes wurde erst vor wenig Jahren bey Gelegenheit, als man dem Platz vor der jetzigen Kirche, die ein Theil der alten ist, erbaute, von den Handlangern ungefähr entdecket, welche den marmornen, viele Centner schweren Leichenstein, weil er durch den auf selben eingestürzten, und durch einige hundert Jahre gelegenen Kirchenschut beschädiget war, unvorsichtigerweise zerdrümmerten; unter selbem fand man den Kopf, und die Gebeine des Bischofs und Abten Silvester, welchem eine Pluvialbrustspange von Messing, gut vergoldet, eine andere vergoldete Platte, dann unter selber eine bleyerne Platte, in welcher eine rohe Bildniß, und unter selber Silvester Episcopus in Zügen dessen Zeitalters eingegraben waren entdeckten; nebst dem aber war ein Ring und andere Seltenheiten vorhanden, welche P. Hugo Fabricius aufbewahret hatte; da aber dieser Mann vor Aufhebung des Klosters in Blödsinn verfiel, und ich ihn als vollkommen blödsinnig zur Versorgung zu den Barmherzigen antragen mußte, wo er auch starb, hatten andere dessen verlohrnen Verstand benützet, und ihn nach und nach ausgeraubet; ich erfuhr es, als er nichts mehr hatte, zu spät, und auf diese Art sind diese Seltenheiten in unbekannte Hände gerathen, oder gar verworfen worden.

Nach dem Tod des Abten Silvester wurde der Prior seines Klosters, Bozata, zum VII. Abten von König Wladißlaw und Bischof Daniel erwählet, der aber nach einem Jahr diese Würde selbst niederlegte, weil er sich während seines 30. jährigen Mönchlebens gar nicht um weltliche Händel bekümmert hatte, daher auch zur Schlichtung der auswärtigen Klosternutzungen, oder zur Untersuchung und Entscheidung der Klagen seiner Unterthanen sich unfähig fand, nebst dem aber auch durch Krankheiten so sehr geschwächt wurde, daß er außer Stand blieb, auch nur vor die Klosterzünne zum Nutzen seiner Kirche zu gehen.

An seine Stelle wurde, durch den König Wladißlaw und Bischof Daniel, Regnardus oder Reginardus zum VIII. Abten 1162. eingesezt, dieser war zuvor Abt zu
See-

Seelau (Syloe) welches Kloster er mit Anstand beherrschte, und in verschiedenen Besitzungen vermehrte; da jedoch wider ihn mannigfältige Bezüchtigungen, und fälschliche Lasteranklagungen bey dem neuen Bischof Daniel angebracht wurden, gab der Bischof diesen Unbilligkeiten volles Gehör, und ergrimmte über den Abten dermassen, daß er ihn und seine Brüder, ohne sie zur Verantwortung zuzulassen, im Jahr 1148. aus dem Kloster Seelau jagte, und dieses den Prämonstratensern, die er von Steinfeld verschrieb, einräumte. Reginard mußte demnach 14. Jahre zubringen, bis er wieder zur Abtey gelangen konnte. Bischof Daniel scheinet sich übereilt, und daher Reue empfunden zu haben, weil er wieder zu Reginards Erhebung die Triebfeder war. Der Fortsetzer des Cosmas schildert die Rechtschaffenheit, Denkungsart, und Kunsterfahrenheit dieses Abten mit allen lebhaften Farben, mit welchen sein Chronicon aufhört, und da er ein gleichzeitiger Mönch des Klosters Sazawa war, erhält seine Erzählung vollen Glauben, auf welches ich den Leser verweise; allein eben dieser Abt erfuhr 1147. ein anderes Schicksal, indem er, nebst dem Brzewniower Abten, vom Peter Cardinal an der Kirche der heiligen Maria, der damals das Kreuz in Böhmen predigte, und die Menschen zum Kreuzzug nach Jerusalem aufboth, abgesetzt wurde. Die Ursache dieser Absetzung ist bey keinem Schriftsteller zu finden; vielleicht hatten diese Aebte an der fehlerhaften Weihe des Olmützer Bischofs Kayn Antheil, oder aber an dem eregten Aufstand wider den Cardinal; dann es hatte dieser Cardinal die Geistlichkeit fast durchgängig in Böhmen wider sich gereizet, da er den Weltgeistlichen und Pfarrern die Ehe untersagte, und von selben die Ablegung des Gelübds der Keuschheit forderte,

derte, hiedurch entstund Aufstand wider ihn, und er gerieth in größte Gefahr, sein Leben einzubüssen.

Sein Nachfolger, unt' IX. Abt war Blasius, ein Mann, der die Heiligsprechung seines Klostersstifters Prokop betrieb, und zuwege brachte, dann da nach Bericht der Bollandisten der heilige Prokop dem Abten Blasius im Jahr 1203. dreymal erschienen ist, und ihm anbefohlen hat, seine Wunderthaten aufzusuchen, sie durch glaubwürdige Zeugen bestätigen zu lassen, nach Rom zu reisen, und dort die Heiligsprechung vom Pabste anzuverlangen, eröffnete er diese Erscheinung dem König Ottokar, welcher den Abten in seinem Vorhaben unterstützte, und mit zwey Mönchen seines Klosters nach Rom ziehen ließ. Kaum war der Abt daselbst angelanget, verlangte er beym Pabst Innocenz dem III. Gehör, und trug sein Gesuch mit Beylegung der Urkunden vor; allein dieses alles machte auf das Gemüth des Pabstes wenig Eindruck, und dieser hat ungeachtet öfteren Anhaltens, dennoch immer an der Heiligkeit Prokops gezweifelt, daß endlich der Abt Blasius den Muth sinken ließ, und nach einem einjährigen vergeblichen Aufenthalt Rom zu verlassen beschloß. Hierauf übernahm der heilige Mann die Ausführung selbst, und erschien die Stunde, als der Abt in der Nacht die Stadtmauern verließ, dem Pabst, rückte ihm vor, daß er den Abten seines Klosters unverrichter Dingen davon ziehen ließe, der wirklich diese Stunde sich außer der Stadt in der Gegend der S. Lorenzkirche befand; er drohete sogar dem Pabsten mit dem Bischofstab, wenn er nicht gleich den Abten zurückberiefe, und seine Angelegenheit endige, dann dieses seye der Wille Gottes! — Uiber diese Erscheinung erschrack der Pabst, und fragte: Wer er wäre? Der heilige Mann antwortete, er heiße Prokop, und verschwand. — Plötzlich sprang der Pabst auf, berief den Abten zurück, und dreyzehen

Kardi-

Kardinäle, die sich damals in Rom aufhielten, zusammen; in deren Versammlung wurden die Akten durchgegangen, und es ward kein Bedenken mehr gefunden, die angesuchte Heiligsprechung zu bewilligen. Hierauf las der Pabst frühe eine Messe dieses Heiligen, fertigte die Heiligsprechungsbulle aus, und übergab selbe dem nach Deutschland bestimmten Kardinal Guido, um den Leib des Heiligen zu erheben, und die Cerimonie in Vollzug zu setzen, welche in der Sazawerkirche den 4. July 1204. feyerlichst vor sich gieng. Als der Leib dieses Heiligen gehoben wurde, stieg ein lieblicher Geruch aus dessen Grabe, bey welcher Gelegenheit Blinde, Stumme und Taube den Gebrauch ihrer Sinnen erhalten haben; der Kardinal hingegen hat, um seine Freude an Tag zu geben, den reichesten Ornat, den er mit sich führte, der Kirchen verehret. (*)

Das

(*) Als 1685. den 1ten Oktober Adolph Wratislaw Graf von Sternberg, Obrister Burggraf in Böhmen, mit seiner Gemahlinn und seinen Kindern den Abt Benedict im S. Prokopskloster besuchte, behändigte dieser unter andern Reden, welche zur Ehre des heiligen Prokops abzweckten, im Gegenwart seines Bruders Grafen Stephan, Vetters Johann Wenzl Grafen von Sternberg, Johann Grafen von Waldstein, Franz Maximilian Baron von Talmberg, Theodor Sehmerowsky, P. Alexius Pachta, P. Peichal, und Magister N. welche drey letztere Jesuiten waren, das nachfolgende aus einem alten 1204. geschriebenen Meßbuch gehobene Bruchstück: Facta est Anno Domini Millesimo ducentesimo quarto; quarto Nonas Julii Canonizatio S. Procopii. In hac vero Canonizatione multa Dominus suæ potentiæ mira & stupenda ostendit. Nam multi ceci illuminati, leprosi mundati, infirmi sanati, possessi liberati, captivi soluti, surdi audientes redditi, multi loquelam adepti, ac ceteri morbidi curati sunt per merita Sancti Patris Procopii. Cum vero Tumba ejus aperiretur, odor suavissimus inde emanavit, ut omnes, qui aderant, in stuporem, & admirationem verterentur. Prædictus autem Guido Cardinalis vocis his miraculis, & iis conscriptis, Monasterium ipsum in plurimum exaltavit, videlicet & Indulgentiam
esse-

Das Bild des heiligen Prokop wurde auf den Altar gesetzet, auf welchen seine Gebeine erhoben wurden; doch verlangte der König einen Arm für die Prager - damals noch Cathedralkirche zu S. Veit, welcher dann von den Klostergeistlichen verabfolget, und andächtig übertragen wurde. Das folgende Jahr, das ist: 1205. wurde der heilige Prokop zum Landespatron angenommen, und die Landesangelegenheiten dessen mächtigen Schutz und Fürspruch anempfohlen Von dieser Zeit an wurde das Kloster zu S. Prokop genannt, welche Benennung ich auch für die Zukunft beybehalten werde. Daselbst starb im Jahr 1248. der bezogene Abt Blasius, welcher die Heiligsprechung des heiligen Prokops betrieben hatte, dem 1249. Blasius, als X. Abt, durch einmüthige Stimmen der Wähler und Gutheißung des Königs, nachfolgte. Dieser Mann wird sehr angerühmt, und auch in einigen Urkunden als Zeug angeführt.

Beym Jahr 1260. erzählet des Cosmas Fortsetzer den Sieg, welchen König Ottokar wider den hungarischen König Bela, seinen Sohn Stephan, und Daniel, König der Reussen, auf dem Marchfeld mit sichtbaren Beystand der heiligen Landespatrone erfochten hat, und ohne Zweifel hat er diese Erzählung aus König Ottokars, von Prag den 8. Oktober. 1260., an Pabst Alexander IV. geschriebenen Brief entlehnet, in welchem er den Sieg der Unterstützung der heiligen Landespatrone Wenzel, Adalbert und Prokop zuschrieb, dessen Verlauf bey diesem Fortsetzer nachgesehen werden kann. Abt Blasius starb darauf im Jahr 1269. Sein Körper wurde in der Sazawerkirche, oder S. Prokop, mit allen Ehren, seinen Vorfahrern beygesetzet. Diesem folgte Johann I. Er

offerendo, apparatum etiam dando, in quo Missam celebraverat, pro memoria relinquens, Episcopis, qui præsentes fuerant, prædictum locum commendando, ad Matrem mundi usque Romam regressus.

Er war der XI. Abt, wird in mehr Urkunden, vorzüglich aber im königlichen Brief Königs Ottokar, den er wegen Umtauschung einiger königlichen Güter zu Brünn den 25. April. 1270. dem Kloster Brzewniow ausfertigte, und in einer dem Kloster Willimow gegebenen Urkunde, wo er und dessen Convent allein das Sigill beydruckten, bekannt, dieser saß bis zum Jahr 1298. wo ihn der Tod hinweg rafte.

Mathias, VII. Abt im Kloster S. Prokop, bestieg den Stuhl 1299. welchen er löblich zum Nutzen und Vermehrung sowohl der Brüder als des Klostervermögens beherrschte. Im Jahr 1314. errichtete er zwischen seinem, und dem Benediktinerkloster Willimow eine Verbrüderung; auch machte Beneß von Weitmühle, in Bezug auf die Geschichte des Klosters S. Prokop, welche in dem Metropolitan Capitul-büchersaal aufbewahret wird, beym Jahr 1316. jene Wunder bekannt, welche der heilige Prokop dieses Jahr am Tage, der seinem Angedenken geweihet ist (nämlich den 4. July) ausübte; und zwar: daß der heilige Mann die Lebensmittel, sowohl für die Brüder, als auch für die diesen Tag angekommene Gäste vermehret, dann eine im Sazawafluß ertrunkene Weibsperson errettet habe. Eben dieser erzählet beym Jahr 1321., daß eine Jungfrau aus Kolin, welche von Geburt blind war, am Grabe des heiligen Prokop das Licht erhalten habe; nicht weniger hätte eine andere Weibsperson aus dieser Stadt, welche lahm an Gliedern war, ihre Gesundheit an dieses Heiligen Grab erhalten; eben so wäre eine blinde Weibsperson vom Bischöflichen Brod (*) am Haupte

(*) Die heutige k. Stadt Böhmischbrod, welche bis zur Regierung K. Sigismunds den Prager Bischöfen und Erzbischöfen zugehöret, 1421. sich durch Annahme der 4. Prager Artikel losgemacht hat, endlich unter die königl. Städte aufgenommen wurde.

te dieses Heiligen sehend worden. Ferner saget wieder dieser Schriftsteller beym Jahr 1324., der heilige Prokop habe zwey Diener seines Klosters von Schiffbruch errettet; welches alles in die Zeiten des Abten Mathias fällt, der beym P. Hugo Fabricius bis zum Jahr 1340. am Leben ist, weilen jedoch beym Jahr 1332. Przibik, und beym Jahr 1337. Przibislaus, als Aebte dieses Klosters angetroffen werden, mag freylich Abt Mathias früher, und vor dem Jahr 1332. gestorben, dann Przibik, und Przibislaus nur einer, mithin der XIII. Abt gewesen seyn.

Albert, XIV. Abt, wurde 1341. erwählet, er war ein in allen Fächen der Gelehrsamkeit ausgebildeter Mann. Während seiner äbtlichen Verwaltung wurde das Dorf Mnichowice an Dietrich (Theodoricus) von Kubelweit, Bischofen von Münden, hindangegeben, welcher durch Vorschub Karls IV., bey dem er in grossen Gnaden stund, das Cistercienser Kloster Skalitz, nahe an Kaurzim, für einen Abten und 12. Mönche im Jahr 1357. stiftete, selben dieses Mnichowic (*) (Michonitz in der Urkunde) Lipsla (in der Urkunde Lypschka) Zalezan, den Wald Kozyrzbet, den er von Jesco von Kostelecz, sonst von Nachod, erkaufet hat, 1358. auswies, und nachmalen 1360. mit andern Dörfern das Klostervermögen vermehrte. Abt Albert starb endlich 1376. und erhielt die Ruhestatt in seiner Klosterkirche. Dessen Nachfolger, und XV. Abt war Peter von Zlussow, ihn wählten einstimmig die Brüder, und der Erzbischof bestätigte selben 1377. den 27 April. Dieser hat einige Klostergüter verdußert, und andere nach und nach angekaufet, worwegen ihm Erzbischof Johann den 29. April 1378. die Bestätigung ertheilte. Auch in diesem Jahr, das ist: 1378.

den

(*) Heute gehöret das Städtchen Mnichowitz der Herrschaft Kammerburg.

den 4. Jäner schenkte Mareß von Nesmenie 8. Schock Zinsgroschen dem Bruder Zoraßaw, Professen in S. Prokopskloster, und nach dessen Tode dem Abten und Konvent.

Im Jahr 1384. zahlte dieser Abt 3. Schock, die daselbstige Probstey angegen nichts an Kirchenzehnten; doch war das St. Prokopskloster unter jenen, welche zur königl. Kammer den Zins in Nothfall entrichten mußten (welcher Subsidium regale hieß) und dieses Kloster wurde mit 100. Schock Groschen angeschlagen.

Im Jahr 1404. den 12. April verkaufte Abt Peter, und das Konvent, dem Pfarrer in Hostiwarz eine Hube Ackers; und nachdem Abt Peter 28. Jahre seinem Kloster rühmlich vorgestanden war, rafte ihn der Tod im Jahr 1405. hinweg, wessen Leiche eben in seiner Klosterkirche beerdiget wurde.

Diesem folgte in selbem Jahre Johann II., durch einstimmige Wahl der Brüder, als XVI. Abt, welchen der Erzbischof den 7ten September 1405. bestätigte, weil er aber kurz darauf starb, wählten die Brüder den Bruder Newlaß, der in Exemptions-Akten Neulesius genannt wird, zu ihrem, in der Ordnung XVII. Abten, den der Erzbischof den 17. November 1405. bestätigte. Er war ein thätiger Verwalter des Klosters und dessen Einkünfte; da jedoch das Kloster mit königlicher Steuer allzu hart belegt, oder (wie die Errichtungsbücher sagen) unterdrückt war, mag der Abt ein Gleiches auf die Unterthanen gelegt haben, weswegen im Jahr 1407. Adam von Nezetitz, als Schiedsrichter zwischen dem Abten und Konvent dann den Unterthanen in Hostiwarz, vom Erzbischof Zbinko abgesandt, und der Spruch den 21. Februar gefället war. Er starb 1415.

Peter II., genannt Netolicky, wurde dieses Jahr zum XVIII. Abten erwählet, lebte gerade zur Zeit, als durch die Lehre des Johann Huß und Hyeronim von Prag allerhand Sekten, Glaubensspaltung, und verderbliche Sitten aufkeimten, und endlich einen harten langdaurenden Krieg und ein allgemeines Landverderben folgerten. Er starb aus Kränkung 1420., als der Taboriten Feldherr, Johann Zizka von Trocznau, so viele Klöster verheerte, auch sein Kloster anfiel, plünderte, verbrannte, größtentheils einwarf, die Mönche mißhandelte, und verjagte; dennoch wählten die zerstreuten, und hin und her im Verborgenen sich aufgehaltenen Brüder einstimmig den Bruder Michael I. zum XIX. Abten, welcher zwar äußerst bemühet war, die geraubten Machts - Frey- und Gnadenbriefe, dann andere Urkunden, Kleinodien, und abgerissene Klostergüter wieder zu sammlen, allein er mußte nach fruchtloser Bemühung alles den Flammen der Waisen überlassen, und eine Zeitlang im Kloster Seelau die Sicherheit suchen; als aber auch die Gefahr diesem Kloster nahete, suchte er seinen Aufenthalt in Abwechslung anderer Weltgegenden. Er bemühete sich sogar durch Vermittlung der Baßler Kirchenversammlung den Besitz seiner Entwendungen, und jener Kelche, Monstranzen, Bücher, Kirchenapparate, Privilegien, Kleinodien und anderer Geräthschaften zu erhalten, die er dem Hofmeister zu Kuttenberg, Franz Rosenthal, und seiner Gemahlinn anvertrauet hatte; allein auch diese Kirchenversammlung vermochte die harten Gemüther der Böhmen weder durch Gelindigkeit, noch Bedrohungen zu beugen, und zur Zurückgabe zu bewegen. Die an den Brewniower Abten Herrmann von dieser Kirchenversammlung im Jahr 1433. den 10. August dießfalls ausgefertigte Bulle, nachgesetzten Innhalts, war die einzige Urkunde, welche das Archiv des Klosters S. Prokop je wieder gesehen hatte; sie lautet:

Sacro-Sancta Generalis Synodus Bafileenfis in Spiritu Sancto legitime congregata, univerfalem Ecclefiam repræfentans, dilecto Ecclefiæ filio Abbati Monafterii in Brewnovia Pragenfis Diœcefis Salutem, & omnipotentis Dei Benedictionem. Quærelam Dilectorum Ecclefiæ Filiorum Michaelis Abbatis, & Conventus Monafterii Sancti Procopii, Ordinis Sancti Benedicti, Pragenfis Diœcefis, accepimus continentem: Quod cum ipfi dudum nonnullos Calices, Monftrantias, Libros, Ornamenta Ecclefiaftica, Privilegia, Clenodia, res, & alia Bona ad dictum Monafterium fpectantia dilecto Ecclefiæ filio Francifco, Franz Rofenthal, quondam Magiftro Curiæ in Montibus Cutnis, & Machnæ ejus Uxori, dictæ Diœcefis, pro timore Wiclefiftarum, ac fuorum Complicum res & Bona Ecclefiaftica partibus in illis tunc, & nunc, proh Dolor, immaniter invadentium caufa fidelis Cuftodiæ tradidiffent, realiter, & penes ipfos conjuges repoffuiffent, tamen iidem Conjuges Deum præ occulis non habentes, imò fuæ falutis immemores, res & Bona hujusmodi pro fuæ voluntatis libito aufu Sacrilego per fe, & alios alienarunt, vendiderunt, diftruxerunt, ac dilapidarunt, ipfaque alienare, diftrahere, & publice vendere de præfenti non ceffant, in fuos damnatos ufus proprios nequiter ea convertendo in animarum fuarum periculum, & prædictorum Abbatis, & Conventus, ac Monafterii, a quo dudum per dnitas Wiclefiftas violentia expulfi fuerunt, & ejecti, non modicum Detrimentum & Gravamen, fuper quibus iidem Abbas & Conventus remedium noftrum conplorárunt.

Quo circa Difcretioni tuæ per hæc fcripta noftra mandamus, quatenus partibus convocatis audita caufam & appellatione remota debito fine decidas, faciens, quod decreveris per Cenfuram Ecclefiafticam firmiter obfervari. Contradictores auctoritate noftra

C 2 Ap-

Appellatione poſtpoſita compeſcendo. Teſtes autem, qui fuerint nominati, ſi ſe Gratia, Odio, vel Timore ſubtraxerint, Cenſura ſimili Appellatione ceſſante compellas veritati Teſtimonium perhibere Datum Baſileæ IV. Idus Auguſti. Anno Domini Mileſimo quadringenteſimo triceſimo tertio.
A. Ricius cur.

Gebhardus Ronſelli.

P. Georg Kruger ſaget beym 4. Juli: er habe in ſeinem Schranken die Familien verzeichnet, welche die Güter dieſes Kloſters an ſich geriſſen, und eben darum theils äußerſte Armuth, theils Gebrechen der Augen, theils Erlöſchung ihres Geſchlechts, theils Weinbrüche erduldet haben; mir ſind einige bekannt, welche die Kloſtergüter misbrauchten, und zwar gleich Anfangs ſetzte ſich Aleß Zagimacz Jewiſſowſky von Jewiſſowicz in Beſitz des Kloſters, und eines Theils ſeiner Güter; deſſen Söhne, Sezema und Boczeck, genoſſen ſelbe eine Zeitlang in Gemeinſchaft; von ihnen liefere ich die nachgeſetzte Urkunde, welche ſie unter Zeugenſchaft des Johann von Strzemelicz, Johann von Slaupno, und Peter von Zemſtiſſowicz im Jahr 1417. am Donnerſtag Apoſteltheilung in Verkaufung der Mühle unter dem Dorfe Samopeſch ausgefertiget hatten:

My Sezema a Boczek, bratrzic Dewiſſowſſti nedielny Pany klaſtera ſwateho Prokopa na Sazawie, wiznawame tiemto liſtem obecznie wſſem, kroz gei uzrzic, nebo cztucze ſliſſeti budu, ze ſme doly Mlynyſtie puſte pod Samopſemy k uſtaweni Mlynu trze kol pod urok dwie kopie groſſow platu rozdielnie, na ſwateho Girzie kopu groſſow platu, a na ſwateho Hawla kopu groſſow a feſtero kur, w gedinem urokem, opatrnemu Wankowi Mlinarzi z Padratay ſtim ſewſſym prawem, czo geſt prziſluſſelo od ſtarodawna k tomu Mlynu nayprwe leſs pobna od potoku aż konecz luky y ſtu luku, zabra-

da

da nad gezc swobodne yakoż meze hazi od staroda‍wna zalozcne kamene, prwni kamen gest w brziehu v Mlyna, druhu prostrzied wodi, trzeti z nowe strany Mlyna v potoka, stup ma swobodnú pod ge‍ze swobodne, yakoż meze kazi, kamenie ryte, ka‍men na czestie, kamen na ostrowie pod koli, kamen wuodie, kamen w brziehu hrziebonati, take kamen pod skalú snáne strany Mlynu, take na struhú swo‍bodnú, Pteraz od kol pochodi, aż do gezku ribarske‍ho, Pteryż gezek rybarsky zalozen gest od staroda‍wna, a k tomu swrchu psani Wanick Mlynarz, ne‍boli geho budúci, ma sobie, a magi zassazowati wrbim brzieh na ostrowie pro Sirziese, a ta prawa a nicze giż menowane, gsú oznameny a pokazany od dawnich a starich pamietnykow toho Mlynu, a take mnoho dobrich lidi bylo przitom, a ktocz bi chtiel swrchu psanemu Wankowi Mlynarzowi, a nebo geho budúczim przickazeti, a zwlastie na tiech mes‍zech giż gmenowanich pokazanich, a oznamenich od starich pamietnikow toho Mlyna, my swrchu psani pani mame radny a pomoczni biti y oprawiti swrchu psaneho Wanka Mlynarzie, neb geho budúcze, aby gemu y geho budúczim nebilo przickazeno w po‍ryadky sedelske potasowano nebylo na tom tak swrchu psani Waniek Mlynarz muoz swe dati prodati, zastawi‍ti, poruczíti pod swrchu psani urok a poplatek dwie ko‍pie grossow a sestero kur, a lecz bi tento list miel swoli swrchu psaneho Wanka Mlynarzie, ten ma w tomż prawie, a w tom poplatku yakoż to on sam a taz prawa mieti a na swiedomie mi swrchu psani pani y na potwr‍zenie listu tohoto swe smie przirozene peczeti k tomuto listu przywiessili a przi prossilissme slowutnich pano‍ssi, abi wedle nas na swiedomie a k nassie prossbie poedle nas swe peczeti przirozene przywiessili Ja‍na ze Strmelicz, Jan z Slupne, Petra Zemstissowicz, genż gest dan, a psan leta od narozenie Syna Bo‍ziehó

ziého tisjcžeho cztrzjistého dwaucžateho sedméhȯ letá ten cžwrtek na rozesslanie Apossolow swatich po wssiem swietie.

Beym Jahr 1435. ist eine Urkunde des Johann Zagimać von Kunstat und Jewissowicz, mit dem Sitze im Kloster bey S. Prokop vom Samstag Tages Lamberti (den 17ten September) vorhanden, selbe lautet dieses Innhalts:

Ja Jan z Zunstatu ꝛc. Sedéným v swateho Prokopa, wyznáwam tjmto listem obtoné předez wssemi kdož gey uzry aneb cżaucy slysseti bude. Že ya gsa životá zdraweho a swobodneho, neomylné swau dobrau wolj, dobrowolné přátelstau raddů předchazegyce, postaupil gsem, a mocy tohoto listu postupugi zbozy Jewissowstého syrotcyho, ze gmena Městecka Jewissowic, wsy, dworůw, ksuow, luk, potokůw, mlcynůw, meyta, y toho wsseho co k tomu zboży přisslussy, aneb kterymž koliw gmenem muže gmenowano byti, tu sobě nic nepozustawagice, kromě rybnika welikého w Slatiné; urozenému Panu Janowi Jankowstému z Wlassymie ugcy swemu, aby on toho zbozy wdrzeny byl, geho pozywal, a lidy sprawowal, tak mocné jako ya sám az do synotcych leth. S takowau to vmluwau, gestli zeby sworchu psaneho Pana Jana ugce meho Pan Buoh neuchowal (cehoz Pane Boze postrez) komuz koliwěk potucy od sebe, ma to zbozy držeti a pozywati do leth synotcých bez wsseligaky překažky. ꝛc. a to ga Jan Zagimać stibugi swau dobrau wirau, cžasto psanemu Panu Janowi z Wlassymie ugcy swemu, tutó umluwu zachowati, a w celosti držeti zauplne a docela. Datum in Claustro Sancti Procopii, Sabato die Lamberti Anno. 1435.

Beym Jahr 1437. erzählet Bartoß von Drahonicz, daß am Tage des heiligen Georgs Frau Ewla, eine nachgelaßene Wittwe des Herrn Zdeslaw

Tlu-

Tluka von Burzenicz Herrn Heinrich Zagimacz von Gewissowicz, welcher damals das Kloster S. Prokop besessen hatte, zur Ehe gegeben, und all ihr Haab dahin geführt worden seye.

Im Jahr 1528. wurde den Dienstag nach Stanislai Ludwig Zagimacz von Kunstadt durch Burian Medek von Waldeck, Landesunterkammerer, und Johann Krzibeczky, Kämmerling, als königl. Kommissarien pfandweis in diese Güter eingeführt.

Durch einen Rechtsstritt verlohr er diese Güter wieder, und sie wurden noch in selbem Jahre durch den Rath der Altstadt Prag Freytags am Tage Sophien, da der Rechtsspruch gegen Daniel und Jakob Fikar von Wrath ausfiel, an Michael Slawata, von Chlum und Kossumberg um 1186. Sch. 20. gu. verkauft. Dieser Antheil, und jener, den Prokop Trmal von Taussicz in Besitz hatte, wurden urbarmässig durch obige Kommissarien 1528. den Dienstag nach Stanislai so beschrieben: Stadtel Sazawa, mit allen Inwohnern und ihren Schuldigkeiten, Dorf Piskoczil, Dorf Wlkanczicz, Dorf Radwanicz, Dorf Przwlacka, Dorf Bunim, Dorf Odierady, Dorf Westecz, alle mit Inwohnern und Schuldigkeiten; in Buda unter dem Kloster alle Inwohner mit ihren Schuldigkeiten, Dorf Byticz, Stadtel Skalicz, Dorf Augezdecz, Dorf Horne, Dorf Przestawlk, Dorf Unterkruth, im Dorf Daubrowczan alle Menschen und ihre Schuldigkeiten. Demungeachtet behauptete das Geschlecht derer Zagimatsch von Kunstadt ihr voriges Recht, und so, daß bey diesem Geschlecht das Kloster und dessen Güter eine lange Zeit blieben, indem noch beym Jahr 1535. ein Johann Zagimacz von Kunstat, Herrenstandes, im Besitz desselben angetroffen wird. Hiebey hatte das Kloster immerfort seine Aebte und einige Geistliche, welche jedoch blos als Seelsorger von den Pfarreinkünften lebten, daher diese se Pfarrer nur als Ehren-Aebte betrachtet werden müssen; dann als der Abt Michael 1452. starb, wählte die kleine Zahl der Brüder Wenzel den I. zu ihren XX. Abten, welcher Aleß von Sternberg, den der Leser in meinem vierten Stück der Alterthümer oft antrift, und der im Jahr 1455. den 19. März auf dem Schlosse Pánglitz (Křziwoklad) starb, in dem Kloster S. Prokop begrub, dessen Leichenstein annoch bis zum Jahr 1746., wo das durch Feuer zerstreute Kloster überbauet wurde, nebst einer Menge Leichensteine so manchen Geschlechts vorhanden war. Diesem Abt Wenzel schrieb 1470. Hanuß von Kollowrath, des Erzbischöflichen Stuhls Administrator, aus seinem Schlosse Zbiroh, und empfahl selbem die Sazawer Pfarrkinder zur Loszählung von der Excommunication; er war nicht mehr geinselt und gesalbt, sondern blos ein Ehren-Abt, und eigentlicher Pfarrer des Orts, der von den noch wenigen Einkünften und der Pfarrkinder Geschenken bis zum Jahr 1479. lebte. Diesem folgte Johann III. als XXI. Abt. Er hatte das Glück, einige Klosterhöfe wieder einzulösen, wie er dann den Hof Piskoczil (*) einem Ansiedler, Namens Marżiék, und seinem Weibe im Jahr 1487. verkaufet, sich in dem Verkaufs-Kontrakt von Gottes Gnaden Abt zu Sazawa genannt hat, und obwohlen dieses Kloster der Zeit Weltlichen, und zwar dem Zagimacz Kunstädtischen Geschlechte, gehörte, so erscheinet doch in dieser Verkaufsurkunde Wenzel, Sakristaner, und Hypolit, Probst, welches die Vermuthung erregen konnte, daß schon damals ein vollständiges Konvent beysammen gewesen seye, allein der Sinn gehet hier blos auf Ehrenämter, mit welchen die wenig vorhandenen Geistlichen, welche in anderen Klöstern dieses Ordens, oder in der Seelsorge lebten, be-

(*) Gehöret heute der Herrschaft Kaminerburg, und heiße eigentlich Krziwoley, wovon noch zu Tage der Grundzins nach Sazawa gezahlet wird.

betheilt wurden, und blos in der Hoffnung stunden, das Kloster bey günstigen Umständen wieder besetzen zu können. Dieser Abt lebte bis zum Jahr 1488.

Selbem folgte in nämlichen Jahr Leonard, er war der XXII. Abt, und nach den Gelübden zum Kloster S. Prokop gehörig; noch in selbem Jahr wohnte er der Wahl des Abten von Willimow bey, und lebte im schwankenden Glücke bis zum Jahr 1509.

Johann der IV. war im Jahr 1510. sein Nachfolger, und im der Ordnung der XXIII. Abt, welcher bis zum Jahr 1535. lebte. Diesem folgte, durch einmüthige Wahl und Bestätigung des damaligen Erzbischöflichen Stuhls Administrators Ernest, noch im selbem Jahr Joseph als XXIV. Abt, welcher annoch im Jahr 1553. lebte.

Nach ihm findet sich Peter III. als XXV. Abt, welcher seinem Amte Ehre machte, und nach der Regel des Ordens fromm und vernünftig die kleine Heerde seiner Brüder beherrschte; er starb als ein alter gebrechlicher Mann 1560.

Wenzel II. war sein Nachfolger, und in der Ordnung der XXVI. Abt, welcher Anfangs seinem Amte löblich vorstund, aber bald in allerhand Ausschweifungen ausartete; da er endlich, da die Beschuldigungen seiner Laster zu hell auffielen, von dem Ordens Visitator Johann von Chotowa auf Befehl des Erzbischofs Anton von Muglitz aus besonderen wichtigen Ursachen abgesetzt wurde.

Durch einmüthige Wahl wurde Adam Polydorus an seine Stelle von den Brüdern zum XXVII. Abten kanonisch erwählet, und auf Bitte des Brzewniower Abten (wie die Acta Processus, & Litis zeigen) von dem Erzbischofe am Tage Barbara (4ten December) 1565. bestätiget; dieser ersetzte durch ein ruhmvolles Betragen die Lücke, welche sein Vorfahrer gemacht hatte, bis zum Jahr 1569. wo er starb.

An seine Stelle wurde zwar am Tage des heiligen Apostels und Evangelisten Mathæus durch einmüthige Wahl Martin Gallus zum XXVIII. Abten gewählet, und dessen Bestätigung am Tage S. Galli durch den Brzewniower Abten bey dem Erzbischof angesucht, weil aber (nach Bericht der Actor. process. & Litis) die Wahl nicht ordentlich vorgenommen, und dem Erzbischof überschickt wurde, und anderentheils dieser gewählte Abt weder die Kleidung noch Tonsur des Benediktinerordens trug, sondern durch Stolz geleitet eine unumschränkte Herrschaft sich andichtete, bahnte er sich selbst zum Elend den Weg, und wurde nicht nur vom Erzbischof nicht bestätiget, sondern auch abgesetzt.

In dieser Zeit hatte das Kloster S. Prokop, oder Sazawa, zum weltlichen Pfandbesitzer den Freyherrn Ferdinand Brzetisslaw Sswihowsky von Riesenburg, an welchen König Ferdinand I. diese Güter versetzt hatte; er war mit Anna Nowohradsky von Kollowrat vermählet, und ein Sohn Wilhelm des älteren Freyherrn Sswihowsky von Riesenburg auf Sswihau und Horazdiowitz (aus der zweyten Ehe, mit Anna Janowsky von Klenau) welcher den Hof Pistoczil und die Mühle von Albrecht Bruckner von Bruckstein um 2000. Schock meißnisch zugekaufet hat, und 1588. starb; sein Sohn, und Erb der Sazawergüter, war Theobald IX. Sswihowsky, Freyherr von Riesenburg, vermählet mit Anna Cordula von Slaupna, die ihm einen Sohn Karl II. gebahr, der nachmals in den böhmischen Unruhen auswanderte, und 1622. in Holland starb. Da dieser Theobald, als auch sein Vater Ferdinand, die Klostergüter von S. Prokop von Kaiser Ferdinand I. und Kaiser Rudolph II. pfandweis im Besitz hatte, jedoch die Waldungen und die höhere Jagd sich die Landesfürsten, nämlich: Maximilian II. 1571. und Rudolph II. 1591. vorbehielten, und die Sſwihowſky ſich hierüber reverſirten, ſo haben jegleich wollen dieſe Sſwihowſkiſche Beſitzer das Eigenthumsrecht darauf ausgeübet, welches, und das Andringen der Benediktinermönche zur Wiedereinlöſung und Zurückſtellung der Kloſtergüter dann wieder in vorigen Standſetzung dieſes Kloſters, Kaiſer Rudolphen II. bewogen hat, eine eigene Abſchätzungs-Kommiſſion 1596. dahin zu ſenden, welche den 12ten December auf dem Sſwihowſkiſchen Kloſtergut eintraf, und die Abſchätzung vornahm; darauf wurden dieſe Güter zur Kammer gezogen, und den Beſitzern der Herrſchaft Kammerburg gegen Pfandſchilling überlaſſen; ob zwar Theobald Sſwihowſky beym Kaiſer Rudolph um derſelben Zurückſtellung, oder wenigſtens um die Pfandſumma von 2500. Schock böhmiſch, und was ſein Vater in dieſen Gütern verbeſſerte, öfters anhielt. Zu gleicher Zeit hielten einen Theil der S. Prokopskloſtergüter Jaroslaw von Schelberg und Koſt, Obriſtlandkammerer, und nach deſſen Tod ſeine Söhne Peter, Sigismund, Johann Georg und Albrecht, ebenmäſſig pfandweis in gemeinſchaftlichen Beſitz bey der Herrſchaft Kammerburg, welche 1554. am Dienſtag nach Fabiani und Sebaſtiani, Sigismund, Johann und Albrecht mit jenem Antheil, der ihnen nach dem Bruder Georg zugefallen iſt, bey der Herrſchaft Kammerburg an Johann den Jüngern von Waldſtein, um 19300. Schock böhmiſch verkauften. Es waren aber folgende zum Stift S. Prokop gehörige Ortſchaften inbegriffen: der Mark Mnichowitz (*) die Dörfer Choradicz, Samechow, Bielokowſky, Samopeſch, Mrchogedi, Przibiſſawice, Dogetržicz, Schkwerniow, Rowna, Krziwolege, Bauernhöfe, Chlum,

Ko-

(*) Dieſer Ort wurde ſchon 1358. von Theodorich von Kukelweid, Biſchofen von Münden zu Handen des Ciſtercienſer Kloſter Skalitz bey Kaurzim erkauft, und nach Zerſtörung dieſes Kloſters vom Kloſter S. Prokop wieder angeſprochen.

Kozli, Orletin und die Mühle Kazel, das Dorf Trzeboratitz mit einem wüsten Hof, und das Schloß Trziskowitz mit Zugehörungen, welche Kaiser Rudolph 1603. dem Baron Waldstein gegen eine Pfandsumma von 11051. Schock 20. gr. oder 12893. fl. 13 kr. 3. d. bey der Herrschaft Kammerburg ließ, worwegen unten ein Mehreres folgen wird. Weil aber der dem S. Prokopskloster gehörigen, und von den Landesfürsten sich reversirten Waldungen wegen, immer Anstände erreget wurden, ließ besagter Kaiser 1605. diese Waldungen von dem Landmesser Simeon Podolsky von Podolip ausmessen, welcher der unstrittigen 13021. und der strittigen 809. Landsäule befand, und hierwegen den Bericht der Hofkammer abstattete. In die Stelle des abgesetzten Abten Martin wurde annoch in selbem Jahr, das ist: 1569. Johann IV., genannt Berdan, als XXIX. Abt eingesetzt, welcher mit besserem Glücke seinem Amte bis zum Jahr 1597. vorstund. Zu seiner Zeit brachte es Erzbischof Martin Medek beym Kaiser Rudolph dahin, daß der Leib des heiligen Prokop in dem eingegangenen Kloster Sazawa, weil dessen Verehrung fast ganz erloschen war, gehoben, und 1584. den 7ten Jäner (*) in die Pragerschloßkapelle zu Allerheiligen übertragen wurde, bei welchem feyerlichen Umgang selbst Kaiser Rudolph, nebst einer Menge des vornehmsten Adels, zugegen war, als eben an selbem Tag im Landtage der Kalender Pabsts Gregor XIII. angenommen wurde.

Nach dem Tode dieses Abten rückte Andreas Tomaschkowitz in die Zahl des XXX. Abtens in eben diesem Jahre; er verkaufte den Hof Schwiniow um 700. Schock meißnisch und wirthschaftete übrigens sehr genau bis zum Jahr 1600. in welchem er starb. Georg

(*) Balbin in Boemia Sancta §. XXII. pag. 34. giebt das Jahr 1588. nnd den 28. May an; dargegen Miscell : L. VI. Dec. I. par, II. p. 69. das Jahr 1584. und den 7ten Jäner.

erg Hlauschka, Dechant von Krumau, wurde durch Vorschub einiger Hofleute dieses Jahrs in die Sazawer Abtswürde erhoben, und also der XXXI. Abt daselbst, zu welchem Ende er die Ordensgelübde abgelegt hatte; allein er verwaltete sein Amt nicht länger, als bis zum Jahr 1602., wo er starb.

Nach ihm war im nämlichen Jahr Stanislaw Thomanides XXXII. Abt, und dieses Jahr der den 20. September erfolgten Wahl des Braunauer Abten Wolfgang Seelender von Prossowicz nicht nur gegenwärtig, sondern selbst Wähler desselben; er hat auch durch eine königliche Kommission den HofSchkworniow wieder eingebracht, nach vier Jahren angegen das Amt niedergelegt, worauf die ledig gestandene Abtey dem Pater Simon Chlodomasteus Brzewniower Profeß zur Verwaltung übergeben wurde, welcher bis zum Jahr 1610. selbe verwaltete, und dann gelangte wieder zur Abtey Michel II. mit dem Zunamen Bilinsky, als XXXIII. Abt, der aber nur bis zum Jahr 1617. in welchem er den 28. November starb, diese Würde genoß.

Sein Nachfolger war Georg I. Stirsky annoch in selbem Jahr, und der XXXIV. Abt; er lebte sehr sparsam von den beschnittenen Einkünften, da er aber blödsinnig wurde, bath der Braunauer Abt, als Ordens-Visitator, den Kaiser Mathias. 1618. womit selber eine Fürsorge für das S. Prokopskloster treffen möchte, welcher das Geschäft dem Erzbischof überließ, und dieser den Abten absetzte. Er lebte annoch eine Zeit mit Bewilligung seines Nachfolgers in diesem Kloster, wurde alsdann nach Neuhaus überbracht, wo er, von einigen Schurken seiner Habseligkeit beraubt, 1624. den 21ten July erschlagen wurde.

Georg II., Paulin, oder Paulinus, auch Paulinas, dessen Nachfolger, und XXXV. Abt, verkaufte 1620.

aber-

abermalen den Hof Schkworniow, und brachte dem Kloster wenig Nutzen; der Braunauer Abt Wolfgang verehrte im Jahr 1618. am Tage St Mauri Abtens (15ten Jäner) dem Kloster St. Prokop zum Anfang der Wiederherstellung des Klosters 300. Thaler. Dieses Jahrs den 12ten May sind zum Klostergebäu von der böhmischen Kammer 10. Schock meißnisch, und unter dem nämlichen Tag von Herrn Wilhelm Slawata von Chlum und Koßumberg (*) Obristenlandrichter und Kammer-Präsidenten, eben 10. Schock meißnisch verehret worden. Hier sind auch die Worte, aus der eigenhändigen Schrift des Braunauer Abtens: Ego Wolfgangus, Abbas Brzewniowienſis in Brauna, pro initio reſtaurationis Monaſterii Sc̄ti Procopii ad Sazawam obtuli trecentos Tall. Actum in Monaſterio Brzewnovienſi die S. Mauri Abbatis. 1618. mpria.

Wie lange Abt Georg dem Kloster vorgestanden seye, weiß man zwar nicht, doch lebte er in den betrübtesten Zeiten des verderblichen dreyßigjährigen Krieges, und noch 1631., weil er dieses Jahrs dem, am 28. April im Kloster Emaus abgehaltenen Provincial-Capitel gegenwärtig war.

Procop II. Tylek, in Pohlen gebürtig, XXXVI. Abt, war deſſen Nachfolger, welcher das Dorf Mezholes den Jeſuiten nach Kuttenberg für daſelbſtiges Seminarium verkaufte. Er lebte bis zum Jahr 1660. doch wurde ſeines hohen Alters, und ſeiner Gebrechlichkeit wegen ihm 1649. Mathes Ferdinand Bilk, nachmaliger von Bilenberg, insgemein Zaubek (Dentulus) Braunauer Profeſs, als Gehilf beygegeben; ein Mann deſſen erhabene Eigenſchaften ſchon anderwärts,

(*) Bald darauf, nämlich den 23ten May, wurde dieſer Slawata aus dem Prager Schloßfenſter, der damals genannten böhmiſchen Kanzley, durch die misvergnügten Böhmen mit Jaroslaw Martinitz herausgeworfen, und hiedurch das Loſungszeichen zum 30. jährigen Krieg gegeben.

wärts, und in meiner Geschichte der Stadt Königgrätz angerühmt sind; dieser wurde jedoch nach einigen Monaten zum Abten bey S. Niklas zu Prag, und S. Johann unterm Felsen (S. Ivan.) begehret, dann 1659. zum ersten Bischof im Königgrätz, endlich 1669. zum Erzbischof in Prag von Kaiser Leopold ernannt, als Bischof und Erzbischof war selber ein besonderer Wohlthäter zur Wiedereinlösung der Sazawer Klostergüter, und Vermehrung der Ordensbrüder, wie unten folgen wird.

Des Abten Prokop Nachfolger und XXXVII. Abt war Georg III. mit dem Zunamen Itali, welcher vom Pfarrer zu Sazawa zum Abten daselbst zwar ernannt wurde, doch bald wieder diese Würde absagte, und in den Ort seiner Profession zurückkehrte, starb zu Polliz 1674. den 7ten Februar.

Johann V. mit dem Zunamen Manner, war der XXXVIII. Abt dieses Klosters, welcher 1655. ernannt wurde; dieser ließ sich vorzüglich die Wirthschaft angelegen seyn, und erneuerte das Sazawer Bräuhaus, dabey versäumte er die Seelsorger nicht, sondern wußte alles mit Vernunft und Bescheidenheit zu leiten, weßwegen er auch von da zum Abten von S. Niklas in der Altstadt Prag gerufen wurde. Hier tritt demnach der Zeitpunkt ein, wo mittelst Unterstützung des Königgrätzer Bischofs, Matheus Ferdinand von Bilenberg, das Kloster S. Prokop wieder aus seiner Asche aufzustehen anfieng, und tägliche Guttthäter erhielt, darunter wird nebst vielen andern Frau Ursula Katharina von Talmberg, gebohrne Gräfinn von Pappenheim, Frau auf Wlassim und Neudomaschin, dann vornehmlich der Brauner Abt Augustin Seyffert (*) als Ordens-Visitator gezählet, welcher mit Vorschub des Königgrätzer Bischofs, und der Freyherren von Talmberg, durch Unterhandlung seines Stifts

(*) Er war in Schlesien zu Löwenthal gebohren.

Stifts untergeordneten Geistlichen P. Daniel Ildephonsus, die Einlösung eines Theils der zur Herrschaft Kammerburg vom vorigen Landesfürsten in Versatz gerathenen Kloster S. Prokops Dörfern so lange betreiben ließ, bis endlich 1663. der Kauf zu Stand kam, und den 8ten May auf dem Schloße Kammerburg nachfolgender Kauffontrakt geschlossen wurde.

Zu wissen: daß heut den 8ten Monatstag May, Anno sechzehnhundert drey und sechzig, zwischen dem Hochwürdigen in Gott andächtigen Herrn Herrn Augustin Seyffert Abten zu Brzewniow, Erbherrn auf Braunau, und Poliz ic. Ordens Scti. Benedicti, durch Böheim, und Mähren Visitatoris, mit völligen Consens und Bewilligung des ganzen Stifts und Konvents, als Käufer Eines, dann dem Hoch- und Wohlgebohrnen Herrn Herrn Johann Viktorin des Heiligen Römischen Reichs Grafen von Waldstein, Herrn auf Hradek ob dem Fluß Sazawa, Röm. Kais. Majestät Rath und Hofkämmerer, als Verkausern andern Theils nachfolgender unwiederruflicher Kauf-und Verkauf abgeordnet, geschlossen, und aufgerichtet worden; nämlich: Es verkauft obgedachter Herr Graf von Waldstein obgenannten Herrn Prälaten, dessen Successoribus, und Nachfolgern des Stifts und Convents SS. Mariæ, und Joannis Baptistæ, sonsten S. Procopii genannt, einen gewissen, in dem Kaurzimer Kreis liegenden, frey erbeigenthümlich, niemand verhafteten Antheil von der Herrschaft Hradek, sammt allen nachfolgend specificirten darzu von Altersher gehörigen Appertinentien, als nämlich: Einen wüssen Rittersitz hart unter dem Kloster Sazawa, ein wüstes Bräuhaus, eine Mahl- und Brettmühl, item einen Mayerhof nächst unter dem Kloster gelegen, mehr den Marktfleck Sazawa, die Richte hart an obgenannten Kloster, das Dörflein Wescze, die wüste Mühle Kaczkow sammt darzu gehöhörigen Aeckern, item einen Steinbruch, und einen Kalchhofen, das Flußwasser Sazawa, sammt dessen Fischereyen von Grund zu Grund, nach Ausweisung der Gränzsteine, und sechs und zwanzig Stallung Wälder, jegliche Stallung auf vier und zwanzig Hasengarn, und jedes Garn auf vierzig Klafter gerechnet, nach Ausmessung des verordneten Landmessers im Königreich Böheim, Wilhelm Ludwig Wyliemowsky, mit freyer Wildbahn, und allen andern zugehörigen Feldern, Wiesen, Büschen, Gesträuchern, und stehendem Wasser, Teich- und Teichstellen, Schäferey, Obst- und Hopfengarten, Bräuwerk- und Kretschmen-Verlag, sowohl im Marktflecken, als auch in der Richte, oder andern Schänkhäusern; eine Pfarrkirche S. Martin genannt, zu welcher Kirche die vor Zeiten gehörige Dörfer, laut des alten Kirchenregister, doch blos nur allein ihrer alten Schuldigkeit nach, verbleiben sollen. Item alle Angesessene, und Unangesessene, und entwichene Unterthanen, ausgenommen diejenigen, welche in einem sonderbaren Ihro Hochwürden dem Herrn Prälaten von dem Herrn Grafen übergebenen Register specialiter ausgesetzt, und mit beiderseitiger Hand und Pettschaft bebekräftiget, welche alle sammt allen ihren gehabten und noch habenden Gerechtigkeiten obgedachter Herr Verkäufer für sich ausgenommen; item allen standhaft- steig- und fallenden Zinsen, Hand und Roßarbeiten, Gerecht- und Gerechtigkeiten, Roboten, Fuhrwerken, und allen andern dergleichen, wie sie Namen haben mögen, zu leisten schuldigen Dienstbarkeiten, Herrlich- und Lustbarkeiten in den Gränzen, darinn dieselben von altersher gelegen, und anjetzt durch den obgenannten ausgemessenen, und mit Gränzen ausgesetzet, immutirlich und unwiederruflich verbleiben soll, von dem Herrn Verkäufer und dessen Vorfahrern ruhig besitzt, innen gehabt, genützet, und

D ge-

gebraucht, benanntlich um die Summa von achtzehen tausend Gulden reinisch, einen jeglichen Gulden zu sechzig Kreuzer gerechnet, auf nachfolgende Termine zu bezahlen, nämlich: alsogleich bey der Uibergabe zehen tausend Gulden reinisch baar, die übrigen acht tausend sollen in den folgenden fünf Jahren entrichtet werden, als St. Galli des laufenden sechzehn hundert drey und sechzigsten Jahrs ohne Interesse zwey tausend Gulden reinisch, hernach jährlich auf Galli sammt landüblichen Interessen fünfzehn hundert Gulden reinisch bis zu völliger Bezahlung oben ermeldter Kauffsumma der achtzehn tausend Gulden reinisch sammt den Interessen des rückständigen Kapitals. Im Fall aber wider Verhoffen oftgedacht Ihro Hochwürden der Herr Abt, oder dessen Successores, und künftige Nachfolger mit dem obbedeuten Kauffschilling bey einem, oder anderem ausgesetzten Termin abgeredeter- und geschlossenermassen nicht halten würde, so solle alsdann mehrgedachter Herr Verkäufer, oder dessen Erben und Anerben, Macht und Gewalt haben, in dem verkauften Antheil der Herrschaft Hradek durch einen Kämmerling von der Landtafel sich gerichtlich einzuführen, und solches zu halten, zu nützen, und geniessen, bis er der unbezahlten Summa, wie auch Schäden und Unkosten halber allerdings contentiret seyn werde, dawider dann obbesagte Ihro Hochwürden bey erwähntem Antheil nichts schützen, noch friesten soll, kein Privilegium, Exemption, General- oder Specialmoratorium, persuasionis, erroris, rei non sic, sed aliter gestæ, oder wie solches Namen haben möchte, massen mehr ernannte Ihro Hochwürden von sich, seinen Successoren und künftigen Nachfolgern diesem allem frey und wohlbedächtlich renunciret; hingegen soll der Herr Verkäufer, dessen Erben und Anerben verpflicht und schuldig seyn, Ihro Hochwürden dem Herrn Abten, dessen Successoren, und künftigen

des

des Stifts und Konvents St. Mariæ, & S. Joannis nahe Sazawa, sonst S. Procopii, Nachfolgern, wegen aller und jeder über kurz oder lang bey diesem Antheil hervorkommenden Ansprüche und Haftungen, Schulden, Steuern, Morgengaben, und andern, wie sie immer genennet, und von der Zeit dieses Kontrakts bey der königl. Landtafel, oder auch sonsten in præteritum über kurz oder lang erfunden werden möchten, mit dessen jetzt- und künftigen Hab und Vermögen, in Specie mit der Herrschaft Hradek, jedesmals nach Ordnung der königl. Landtafel zu gewähren, und zu vertreten aufs Kräftigste verbunden seyn. In übrigen werden Ihro Hochwürden der Herr Käufer nach Belieben in Beyseyn oder Abwesenheit des Herrn Verkäufers Fug und Macht haben, diesen Kauf- und Verkauffkontrakt auf eigene Unkosten mit Bewilligung Ihro Röm. k. k. Majestät Räthe und Herren Unteramtleute bey der königl. Landtafel einschreiben zu lassen, und dieses alles treulich, sonder Gefährde.

Zu Urkund mehrerer Gewißheit, stätter und unverbrüchlicher Haltung alles dessen sind dieses Verkaufs- und Kauffkontrakts zwey gleichlautende Exemplaria verfasset, von beyden Kontrahirenden eigenhändig unterschrieben, und mit beyderseits aufgedruckten Insigeln corroboriret, und bekräftiget, auch zu mehrerer Beglaubigung dessen, zum Zeugniß erbeten worden: der Hochwürdige in Gott andächtige Herr Matthäus Ferdinandus von Bilenberg, der Klöster S. Johannis unter dem Felsen, und S. Nikolai in der alten Stadt Prag Abt, Sr. Röm. kaiserl. Majestät Rath, und von Deroselben denominirter erster Bischof zu Königgrätz; als welcher zu diesem Kauf- und Verkauf viel cooperiret; und der Wohlgebohrne Herr Herr Jaroslaw Kunata Graf von Bubna und Littitz, Herr auf Skaschow, und Brzezno, Sr. Röm. kais. Majestät Rath, Hof- und Kammerrechts-Beysitzer im

D 2   König-

Königreich Böhmen, und Hauptmann des Bunzlauer Kreises, wie auch der Hoch- und Wohlgebohrne Herr Herr Paul Graf von Morzin, Herr auf Hohenelb, Kunstberg, und Křžinecž, Sr. Röm. kaiſ. Majeſtät Rath, und Hauptmann des Königgrätzer Kreiſes, welche dieſen Kauf- und Verkaufkontrakt mit unterschrieben, und ihre Inſigel, oder Pettſchaften, jedoch ihnen, und ihren Succeſſoren und Erben ohne Schaden und Nachtheil, beygedrucket. Actum Anno die ut ſupra.

(L. S.)   (L. S.)

Auguſtin Abt in Brže-   Hanns Viktorin Graf
wniow, Ord. S. Benedicti   von
Viſitator.   Waldſtein.

(L. S.)

Matthæus Ferdinandus.
Idem qui ſupra.

(L. S.)   (L. S.)

Kunata Jaroſlaw Graf   Paul Graf von
von Bubna.   Morzin.

Weil aber Abt Auguſtin annoch in dieſem Jahre den 14ten Oktober ſtarb, und an ſeine Stelle zum Braunauer Abten Thomas Sartorius, von Braunau gebürtig, erwählet wurde, ließ ſich dieſer als Ordensviſitator die Befeſtigung des nun wieder empor gehobenen S. Prokopskloſter angelegen ſeyn, beſonders aber ſah er dahin, womit ſelbes mit einem ſolchen Abten verſehen werde, der zur Aufnahme des Kloſters vollkommen tauglich wäre; weßwegen in Gegenwart des P. Maurus Raymann, Priors zu Braunau, P. Jacob Hypper, Subpriors, P. David, Pfarrers zu Braunau, P. Chriſtoph Kloſius, Pfarrers zu Weckmannsdorf, P.

Pla-

Placidus, Provisors, und P. Alphonsus, Pfarrers, mit dem pröbstlichen Titel zu Politz, Daniel Ildephons Nigrin, Braunauer Profeß, der Geburt von Kolin aus dem Kaurzimer Kreise, von besagten Braunauer Abten nach vieler Uiberlegung 1664. den 24ten März zum Abten des S. Prokopsklosters ernannt wurde. Er war demnach der XXXIXte Abt, ein Mann von gerühmter Andacht, und vorleuchtenden Tugenden, wegen welcher so glücklich getroffener Wahl, der erstgenannte Weckmannsdorfer Pfarrer Christoph Closius aus Andacht zur Mutter Gottes und aus Bruderliebe gerührt, dem S. Prokopskloster zur neuen Haushaltung 300. fl. verehrte; derley Schenkung bekam auch das Kloster von dem erst kurz genannten Bischofen von Königgrätz, besonders 1669. den 4ten July 300 fl., und vom selbem, als Erzbischofen 1673. den 18ten Februar, 25 Dukaten.

Dieser Abt war nach Wiederherstellung des Klosters der erste infulirt, und ob er zwar nicht viele Jahre dem Kloster vorstund, so hat er doch sehr vieles durch Herstellung des Klosters, Einlösung einiger Dörfer, Gewölbung und Bedachung der Kirche, verrichtet; Er war dem, von Abt Thomas zu Brenau als Ordensvisitator angesagten Ordenskapitel 1665. von 19. bis 23. August zugegen, und hatte das Vergnügen, daß dieser Abt Thomas als Ordensvisitator von 2. bis 4ten July 1673. das Generalordenskapitel in dem S. Prokopskloster abgehalten hatte; war jenem, welches dieser Visitator in nämlichem Jahr von 18ten bis 20ten September bey S. Niklas zu Prag abhielte, auch unter anderen Ordensäbten, wie auch jenem von 16ten bis 19. März 1676. zu Prag abgehaltenen zugegen.

Das folgende Jahr bewirkte er, durch Unterstützung K. Leopolds, die Einlösung und Ausgleichung der Klosterortschaften, welche bisher das Waldsteinische Geschlecht bey der Herrschaft Kammersburg pfandweis besaß; weil aber diese Begünstigung

blos

bloß auf Lebenszeit zweyer hintereinander folgenden Besitzer dieser Herrschaft von K. Ferdinand I. gestattet, dann mit Kaiser Rudolphs Bewilligung noch auf die Lebenszeit eines Besitzers ausgedehnet wurde, diese Bedüngnisse aber schon lange erloschen seyn, und eben darum das Einlösungsrecht von dem Kloster S. Prokop öfters dargethan, und die Abtretung der Märkte und Städte gegen die Pfandssumma angesuchet wurde, kam endlich hierwegen 1677. den 29ten May der Vertrag zu Stande, in Folge welchem Abt Ildephons den Grafen von Waldstein den Mark Mnichowicz, die Dörfer Chorabaczicz, Samechow, Pržibissawicz, Rownu, Kržiwoleg, und den Hof Kmetzyho Drletina überließ, dagegen die Grafen von Waldstein die Dörfer Bielokozly, Samopesch mit der Mühle, das Dorf Mechogedi, Dogedržitze, Radwanitz mit der Mühle Budin, und das Dorf Pržiwlak abgetreten, und sich, wie die nachfolgende Urkunde zeiget, ausgeglichen haben.

We gmeno Negswietiegsſy Trogicze wsſe gednoho Pana Boha, na wieky wiekůw pozehnaneho. Amen.

Leta Panie od narozeni Krysta Wykupitele, a Spasytele naſſeho tisiczyho ſſeſtiſteho ſſedeſateho ſedmeho, dewateho dne Umieſicze May ſtrze ſnažne Proſtrzedkowanj a Gednanj naſſe, Waczlawa ſwate Rzimſke Rzyſſe Hrabie z Sternberga, Pana na Czeſkem Oſternbercze, a Radoweſniczych, G. M. Rzimſkeho Cifarze, Wherſkeho, a Czeſkeho Krale Raddy, a ſkurecznyho Komornika, a Saudcze Zemſkeho w Kralowſtwy Czeſkem, a Franciſſka Leopolda z Talmbergka, na brazenych Karragich, a narzizeneho przedniho Kralowſkeho Hegtmana Krage Baurzimſkeho, gakožto na Poruczenj Neggaſniegſſiho Arcy-Knizete, a Pana Pana Leopolda

wo-

wolenéhoRžimſkého Cyſaře, Vherſkého, a Cžeſké=
ho Krále Pana Pana nás wſſech Neymiloſtiwegſſi=
ho, tež od G.Excell. a M. Kralowſtych Pánůw Panůw
Myſtodržičzych w Kralowſtwy Cžeſkém lub dato w
Mieſtie Wydny 12ho Februarij. Leta přjitomneho
1667. též na hradie Prajſkém 4ho dne Mnieſýcze Du=
bna Leta přjitomneho 1667. naržjzeny my Kommiſſaržy.

Stala ſe Smlauwa Sněmu, a Defalcati do=
browolna, a czele, a dokonale porownánj (wſſak
na dalſſy G. M. Cyſ. a Kralowſke Ratificati a Con-
firmati) a to přjednie s powolením G. M. Cyſaržſke
a Kralowſke Pana Pana Leopolda Kralugiczího
Krále Cžeſkého, a dle Ržjzenj Zemſkého obnoweneho
A. 25, 26. Negwyſſyho Ochrane a Opatrownika
Statkůw, a Duchodůw, duchownich w Cžechach,
tež geho Miloſti Knjžete Eminenti Pana Pana Kar=
dinala z Harrachu, a neb Arcy = Biſkupa Prajſkého
(Titul.) gako y také duſtognyho, a Welebniho Pa=
na Tomaſſe Ržadu S. Benedykta Klaſſtera Brže=
wniowſkého Oppata, Pana na Braunawe, a Po=
lyczy tehož S. Ržadu w Kralowſtwy Cžeſkém a w
Markkrabſtwj Morawſkém Viſitatora y na myſtie
czeleho tehož Ržadu S. Benedykta w Kralowſtwy
Cžeſtém, mezy Welebnym Panem Danielem Jlde=
phonſem Ržadu S. Benedykta Klaſſtera S. Proko=
pa Oppatem Panem na Sazawie, a czelym Kon=
wentem z gedne; a Wyſocze Vrozenymi Hrabaty
Panem Panem Adamem Maximilianem, a Panem Pa=
nem Janem Karlem tež Tutorio nomine na myſtie ne=
zletileho Bratra gich Ferdinanda Swate Ržimſke Ržj=
ſſe Hrabaty z Waldſſtegna na Hradku Komornym
nad Sazawau, a Radeninie, Syny a Diediczy po
Neb. Wyſocze vrozeném Panu Panu Janowy Wy=
ktorynowy ſwate Ržimſke Ržyſſe Hrabietj z Wald=
ſſtegna, na Hradku Komornym nad Sazawau, a

Rades

Radeninie, G. M. Cz. Raddie, a Komorniku po-
zůstalymi gakž vwedenj do pozůstalostj Otczowſke
w Regiſtrzich Staroſtowých praw wedeny Nebeſke
Barwy Leta 1666. 20. Juny pod Lyterau D. 29.
wykonanj Juramentum Fidelitatis G. M. Cyſ. a Krale
a adirowanj pozůstaloſti we vſkach zemſkých plniegj
ſwiedczy z ſtrany druhe.

A to takowa Smlauwna Sniemu Defalcati a
Porownanj, gakož geſt przed dawnima Lety G. M.
Rzimſky Cyſarž Vherſky Czeſky Kral Pan Pan Ferdi-
nand toho gmena prwny (Tit.) Nie. Vroženemu Panu
Panu Jaroſlawowy z Sſelnbergka a z Roſti ſwe Ra-
die a Kneg. Komorniku Kral. Czeſkeho na niekterých
Statcých zapyſnich, kterež geſt k Zamku Hradku Ko-
mornimu nad Sazawau, k Statku ſwe dedicznemu
na gyſtj Spůſob držel,(totižto na Mnieſteczku Mi-
chowiczých, na wſech rječzenych Choradicze, Sa-
mrchowie, Bielokozlich, Samopſſe, Mechogedech,
Przebiſſawſcých, weſniczých czelých, a Dogetrzi-
ezých, Oſkwrniowe, Rowne, Krziwolagich, dwo-
ru Chluma, dworu Kozly, dworu Drletine, a na
Mlegnie Baczkowie ſewſſim przislussenſtwim k pra-
wnim Sunimam, kterež geſt podle odhodu na tom
zbožy duchownim, a odewzdaných ſprawedlnoſtech
gmiel; geſſtie wyczegy neyprwe dwa tiſicze kop Gro-
Czeſkých z Myloſti ſwe Kralowſke za geho dawny
berne a užiteczne Služby przypſatj raczil. Kterežto
Mieſteczko, a ty wſſechny Weſnicze, a dwory me-
nowane, Vroženy Pani Pani Peter Zykmund, a
Jann, y na myſtie Girzika, a Albrechta, Synum
tehož neb. Pana Jaroſlawa z Sſelnbergka, wedle
gyneho ſweho dedieznieho Statku, totiž Zamku
Hradku Komorniho nad Sazawau, gſau Vrozene-
mu Panu Panu Janowy mladſſymu z Waldſſtegna
na Hradku Komornym nad Sazawau, negwiſſimu
Su-

Sudimu kralowſtwj Cžeſkeho prodaly, a wſſiczky ſprawedlnoſti ſwe na to Mieſteczko, Weſnicze, a dwory zapiſne ſwedcžiczy gſau gemu Panu Janowy z Waldſſtegne odewzdaly, a na nieho, y na geho Pani Diedicze Abundanczy o dobrau Wuly prževedly, tak gakž Omlauwa Trhowa, a lyſtowe dobrych woly do deſk zemſkych Kralowſtwy Cžeſkeho ſlowo od ſlowa do Quaternu pamatneho Cielneho Leta 1554: w patek před Swatym Tiburczim pod Lit. A. 3. a wklad temž Quaternu Anno die ut ſupra wložený, a wepſany, to wſſe w ſobie ſſyržegy obſahugy, a zas wyragy. Kterižto Pan Jan mladſſy z Waldſſtegnu geſt G. M. Cyſ. a Krale Pana Pana Ferdinanda prwniho poniženie proſyl, aby gemu přjidrženy tiech Mieſteczka, a weſnicz ſtim wſſim, a wſſeligakym přyſluſſenſtwjm niekterau dalſſy Myloſt včiniti, a do dwauch Žiwotuw bez wegplaty, a potom geſſtie k prwnim Summam dwanaczte Set kop groſſ. Cžeſkych z Myloſti za geho G. M. Cyſ. wždyczky cžinene wierne ſlužby přjipſati raczil, k gehožto poniženě prozbie gſauce G. M. Cyſ. Myloſtiwie naklonien, a pro dawny wierne a platne ſlužby, kterež geſt G. M. Cyſ. gyſtym wiedomym, gakožto Kral Cžeſky o Raddau wiernych ſwych mylych gyſtim Majeſtatem gemu Panu Janowy mladſſimu z Waldſſtegna y geho diediczum a budauczim na to danym přjipſati raczil, na ſwrchu pſanych Mieſteczku, weſniczich, a Statku dwanaczte Set Kop gro. Cžeſkych k prwnim Summam, kterež na tom zapſane mniel, a k tomu dwa Žiwoty, totiž geho Pana Jana z Waldſſtegna geden, a druhy tomu, kdožby geho Statek giny po geho Smrti držel, a neb komužby gine mu tyž žiwot odkazal, a neb dobrau Wuly odewzdal; Tak a na ten ſpůſob, aby z takoweho Statku, Mieſteczka, Weſnicz od G. M. Cyſ. ani od budauczich Gich M.

M. Kralům Českých, ani od těch osob duchovních
gimž náleží, ani od žádného giného Člowieka pod
žádným wymyšlenym spůsobem a obyčegem bez
Wule swe splacowan, ani kterakkoly z toho Statku
potištan byl do wygytj těch dwauch Žiwotůw, nys
brž že ten Statek wšecken sewšim geho přyšlušens
stwym bude moczy mýtj držeti, a geho pokognie vži=
wati bezewšy přjekašky. Než powygytj těch wšech
swrchu psanych Žiwotůw když G. M. Cyf. Abundans
czy Kralowe Češky aneb ty Osoby duchowni, gimž
od Starodawna sprawedliwie náležy čašopsany
Statek, a Wesnicze wyplatiti by chtiely, wšak K.
G. M. Cyf, aneb těch duchownich k wlastnimu
držený, a požiwani, ginacze nicz. Tehdy že G.
M. Cyf. raczy mýtj dedicžum gmenowaneho niekdy
Pana Jana z Waldssteegna, aneb budaucžim držite:
lum čžasto řečeneho Statku Miestecžka a Wesnicz
přy kterimžkoly Swatim Girži, aneb Swatim
Hawle Rok napřed k wegplatie wiedetj datj, a Sum=
my gegich, které od Předkůw G. M. Cyf. spra=
wedliwie na tomž Statku, Miestecžku, a Wesnicz
zapsane magy, a přjitom těch dwanaczte Set Kop
gro. Češkych z Milosti, a pro službu geho Pana
Jana z Waldssteegna, gakž docžene přjipsanych, čže=
hož wšechno Summa cžtiry tisicze, piet seth, dwa=
czeti piet Kop, cžtyriczeti gro. wše cžeskych včini,
položytj. Tehdy že ony magy takowe Summy přy=
gitj, a toho Statku a zboži postaupytj, bez zmat=
ku, a wšeligake odpornosti, wšak wšecky Auroky,
a důchody toho roku přjišle, sobie prwe z toho
Statku magj, a budau moczt wybratj, a dokažby
gym diecžium niekdy Pana Jana z Waldssteegnu,
aneb držitelum tychž Miestecžka, a Wesnicz Sum=
ma zauplna dana, a zaplaczena nebyla, že nemagy,
a powini nebudau toho Statku, a zboži wšeho, ani
na

na dile postupowati; gakž Majestat G. M. Cyſ.
a Krale Pana Pana Ferdinanda prwnjho sub dato
w Mieste Wydnj w Patek po na Nebe wstaupenj
Pana Krysta Leta 1558. to w sobie ssyrž obsahuge,
a zawira; Poslež pak Wysocze Vrozeny Pan Pan
Adam tehdaž mladssy z Waldsstegnu na Hradku nad
Sazawau a Lowosiczich, G. M. Cyſ Radda a skutec-
zny Komornik, Pan Syn nadgmenowaneho Pana
Jana mladssiho z Waldsstegnu, a Died tiechto z Po-
cžatku gmenowanych Hrabat z Waldsstegna, gest
přy G. M. Ržymskym Cysarži Oberskim, a Cže-
skim Kraly Panu Panu Rudolfowy druhym toho-
w Poniženosti pohledawal, aby gemu take dalssy
mylost vcžiniti a přjtom mymo prwny na tom zbo-
žy Staczych zapysnich, a duchownich zapsany Žiwot
geho, gesstie dwa Žiwotj přjpsati racžil. Na ge-
hožto poniženau prozbu gest G. M. Cyſ. a Kralow-
ska Pan Pan Rudolf druhy gakožto kralugiczy Kral
Cžesky na tychž zapysnych, a duchownich zbožy Mie-
steczku, Wesniczych, a dworžich pod tiemy wssemy
Clausulemi, a Conditimi, neb wegminkamy w
wegsspřjpomenutym Majestatu od G. M. Cyſ.
Pana Pana Ferdinanda prwniho, niekdy Panu Ja-
nowy mladssymu z Waldsstegna w Letu 1558. da-
nem rozepsanych, gemu Panu Adamowy z Wald-
sstegna poslež Negwissimu Purggrabimu w Kralow-
stwj Cžeskem, a geho budauczim gesstie geden Žiwot, a
k tomu dwa tisicze Kob miss. přjdati, a přjpsati
racžil, tak že te Summy 11051. B. 20. gr. vcžini-
lo, gakž tiž Majestat gehož gest datum na Hradie
Prazskem we cžtwrtek po nediely postnj. Oculi Leta
1603. to sebau přjnassy.

Podle czehož gest tak niekdy dobre pamietj
Pan Pan Adam z Waldsstegna poslež Negwyssy
Purggrabie Prazsky, tež po niem pozustaly Pan

Syn

Syn Pan Janň Wyktoryn Hrabie z Waldsstegnu, y geho nadgmenowany Synowe tehoz Miestecžka Mnichowicz, a niekterých Wesnicz tež dworůw w drženy, a vžíwani zustawal, a zustawaly; Po smrti Pan cžasto gmenowaneho Pana Jana Wiktoryna Hrabiete z Waldsstegnu gest se spocžatku gmenowaný Pan Oppat Blasstera S. Prokopa Řjadu S. Benedykta o ty zapisne Miestecžko, a Wesnicze, tež dwory poddacžy (Poniewacž giž wssechny Žiwoty prossly, a gmynuly) pržy nich Panu Adamowy Maximilianowy, a Panu Janowy Karlowy bratržich Hrabatech z Waldsstegna giž Leta swa prawni magicžich, y na mistie Bratra gych Ket nemagicžiho, že takowe zapisne Miestecžko, Wesnicze, a dwory wyplatiti, a tu Summu 11651. K. 20. gr. miss. w rocže poržad zbiehlem slozíti chce, problasyl, a rok napržed wiediti dal, a tak ty zastawny Grunti k wegplatie wypowiediel, a nebo aby Panj Hrabata niektera swe wlastni dedicžne a spupne, k Panstwy Hradku Komornimu nad Sazawau, naležegýcžy Wesnicze, ktera k temuž Blassteru S. Prokopa mnohem pržíležitlegssý, nežly ty zapisný gsau, gemu Panu Oppatu k rucže cželeho Konwentu Smenau a porownanim dedicžne postaupily, a misto wegplatný Summy 11051. K. 20. gr. miss. sobie ty niekere zapisne Miestecžko, a Wesnicze, tež dwory diedicžnie zanechaly, tak aby se gedne, anj druhe stranie žiadna křiwda nestala.

A poniewadž pak pržipomenuty Neb. Pan Wyktoryn Hrabie z Waldsstegnu gmiel sobie ty wssecžky zapisne Wesnicze, ktere Pan Oppat Blasstera S. Prokopa za wyplatne byly prawy, cžedulemi dilcžimi Waldsstegnstymi na požustalost niekdy Pana Pana Adama z Waldsstegna, negwyssiho Purggraby Prazstiho na cžtiry dily včinienymi za diediditczwy ſpupnc k dilu prwnimu Panſtwy Hradku Komorniho nad Sazawau přjpogene a w Taxe položene s Evicti, a Sprawau, kdyby ſe na kterym koliw dilu gake 3awody wynachazely, že wſſechny cztiry diedicžowe Waldſſteynſſti a gegich budaucży držitelowe gſau, a budau powinni pro rata Portione takowe zawady zaſtawati; Gakž taž czedule dilcž dilu prwniho Panſtwy Hradku Komorniho nad Sazawau we deſkach zemſkych w Kwaternu Pamatnim nowym Medennym Leta 1640. dne 14. Mieſicze July pod Lit. E. 29. to w ſobie ſſirž obſahuge, a zawira.

Proczež nepogminuly gſau Pan Adam Maximilian, a Pan Jan Karel y na miſtie Ferdinanda leth nemagicziho Bratra gich Hrabata z Waldſſtegna, Synowe, a diedicžowe cžaſto gmenowaneho Neb. Pana Jana Wyktoryna Hrabiete z Waldſſtegnu, to wſſechno gich Miloſtem Panum Panum Stregczum ſwym ſwate Kžimſke Kžiſſe Hrabatum z Waldſſtegna, a ſpolu diedicžum niekdy Pana Pana Adama z Waldſſtegnu Negwyſſiho Purggraby Pražſkeho, gakožto Sprawcum ſwym w znamoſt ſkrze pſani vwreſti, a gich ſe dotazati chtielyllyby proti Panu Oppatu Klaſſtera S. Prokopa a czelemu Konwentu Kžadu S. Benedikta o takowe zapiſne Mieſteczko, Weſnicze, a dwory ſe prawnie na odpor ſtawietj, a nebo dle geho přzedneſſenj do přzatelſkeho Porownanj wpuſtiti. Protj czemuž G. M. Pani Hrabata a Stregczowe z Waldſſtegna ſe prohlaſily, že s tim dobřze ſpokogeny gſau, aby ſe Pani Diedicžo we Pana Jana Wiktoryna Hrabiete z Waldſſtegna, o takowe Mieſteczko, Weſnicze, a dwory zapiſne, s Panem Oppatem Klaſſtera S. Prokopa, a czelym Konwentem porownaly, onj že do diluw ſwych dle Evicti gim Satisfacti wynahraditj nepomynau.

We-

Wedle čzehož čzasto gmenowaný Panj Hrabata, a Diedičzowe tleb. Pana Jana Wyktoryna Hrabiete z Waldssteynu (nespaussteige se wssak sine Evicti pro rata portione na Statczých Panum Stregczum swých, totiž po Wysocze Drozeních Paních Paních Rudolfowy Maximilianowy, a Karlowy Ferdynandowy Hrabatech z Waldsstegna na dily gich gim přjissljch) sau dočzenimu Panu Oppatu Blasstera S. Prokopa to zasezа odpowied w znamost vwedly, že se s njm prжatelsky bezewssich Saudných zaneprazdnieny (podkudž by se čzo slussneho stati mohlo bez pohorsseny sweho prawa wssak s Konsensem G. M. Cys. geho Knjzeczy Eminenti Pana Pana Kardynala Arcy Biskupa Prазského, a tehož Pana Visitatora Rжadu S. Bedykta na delssy Ratificati G. M. Cys. (dle rжjzeni Zemskeho A. 25, 26.) porownati Smienu, a Defalcati včzinti chtiegy problasyly; a tak tim spusobem obie strany k pржatelskemu porownanj pржistaupily, a tak od G. M. Cys. a Kralowske, tak y od gich Excellenz a M. Kralowske Panuw Panuw Mistodrжiczich, nas za Komissarže ku porownani gich ћadaly, a gsaucze my wegssgmenowaný Smlauwie s spolu s Drozenym, a Stateczním Rytirжem Panem Lytminem Widunau Obitečzskim z Obitecz G. M. Cys. Raddau, a Saudczem Zenistym w Kralowstwy Čžeskem za Komissarže naržizený, kteriž ty Pan Obytežky magicze sobie to w znamost vwedeno, gak se strže psanj omluwna učzinil, že pro nedostatek zdrawy sweho k te Komissi nagiti se datj, a Pan Oppat take gsaucze na Komnissy Revisitationis citowany daleyj čzekati nemohly. A tak nepominuly sme se tak poslussnie, a hotowie zachowati, spoleczie se gysti den shledati, obie strany gak duchownj, tak Pani Hrabata z Waldsstegna před sebe citirowatj že neopomenautj, aby

dle

dle G. M. Cys. negmilostiwgegssiho porucženj, a Gich Ezcellenz M. Kralowskych Panuw Panuw Mistodržicich naržizenj, gystj den sobie obraty, nam ty wssechny Miestečko, Wesnicze, a dwory zapisnie a duchownj s gich pržislussenstwim, kterych až dosawad w Possessu Pani Hrabata z Waldsstegnu na Hradku nad Sazawau, w držeuj, a vžiwani w te Summie 11051. K. 20. gr. zustawagy, ano y to cžo by dotčeuj Pani Diedičžowe Hrabata z Waldsstegnu za to Smienau proti Defalcatj te Summy 11051. K. 20. gr. miss. datj chtiely, k očžitemu spatržeui wykazaly, tak abychme to spatržiti, a Equivalens powažitj, a slussnost, gedno proti druhemu vznati mohly, cžo se take y stalo, že gak Pan Oppat Blasstera S. Prokopa na Mistie čželeho Konwentu sweho, nam ty zapisne Wesnicze, kterych Panj Hrabata z Waldsstegnu až dosawad, Bono, & Justo Titulo podle Majestatuw G. M. Ržimskych Cysaržuw, a Kraluw Češkych, w držeuj, a vžiwany zustawaly s gich pržislussenstwjm k očžitemu spatržeui, gakož Pani Hrabata Bratržj z Waldsstegnu, cžo od sweho wlastneho diedičžneho Statku Hradku nad Sazawau a Wesnicž po staženi te Summy zapisne 11051. K. 20. gr. miss. Blassteru S. Prokopa diedičžnie odewzdati, a pržiwlastnitj chtiegy wy: kazaly, cžož gest Pan Oppat Blasstera S. Prokopa čželemu Konwentu swemu pržednesl a w znamost vwedl, a poznawagyce onj, že se tu Blassteru S. Prokopa žadna Kržiwda nestala, gsau k te Smienie, a Smlauwie též Defalcatj powolyly, a pržistaupily. Y magicže my to wssechno, cžo sine tak očžitie gak na spysich, a Documentich wynassly, též na Gruntech a Wesničžich zhlydly a spatržily, a cžo se od obauch stran pro & courra pržednasselo, pohledawalo, pretendyrowalo, a proti tomu k Smienie podawalo, w

swem

ſwem bedlywem powaženj takto ſme že ſtrany a gich do‑
browolnym ſwolenim a oblybenim, wſſak gakž čja‑
ſto dočženo na delſſy negmiloſtiwiegſſy G. M. Cyſ.
gakožto kraligičziho Krale Čzeſkeho Pana naš wſſech
Negmiloſtiwiegſſiho Ratificati ſmluwily, a porowna‑
ly. Gakž naſleduge :

Pržednie wynaſſlo ſe, že čjaſto gmenowany Pa‑
ni Hrabata, a Diedičjowe niekdy Pana Jana Wy‑
ktoryna Hrabiete z Waldſſtegnu doſawad w drženi,
a vžiwani zapiſnich duchownich Mieſtečzka, Weſnicz,
a dworuw Bmečznych, neb Poddačzych ſedlſkych dle
pržipomenutych Majeſtatuw G. M. Ržimſkych Cy‑
ſarzůw, a Kraluw Čzeſkych w Summie zaſtawnj
11051. K. 20. gr. čzož na zlaty čjini 12893. zl.
13. kr. 2. d. zaſtawaly : totiž Mieſtečzko Michowitz,
wſy Horadičz, Samrchowa, Bielokozly Samopſe,
Mechoged, Pržibiſſawitz, weſnicz čzelych, tež we‑
ſnicz Dogedržitz, Rowne, Kržiwolage, dworu Bme‑
čziho Drletina, čzož tu geſt, a k duchobenſtwy na‑
ležalo, a wnezé gich žadnich weſnicz a dworůw zapiſnichž
Tež Hrabata z Waldſſtegnu na ten čjas w držéni,
a vžiwanj nezuſtawaly. Bterežto Mieſtečzko Mni‑
chowicze, wes Horadičze, wes Samechow, wes
Pržibiſſwice, weſnicze čzely, we wſy Rowny, we
wſy Kržiwolage dworu Bmečziho Drletina čzož tu
geſt ſe wſſim pržiſluſſenſtwim (neb tyž Mieſtečzko
Mnichowicze od Blaſſtera na dwe mile, a niektere
weſnicze podaležy, a pržilezite negſau) Pan Op‑
pat y čzely Konwent Blaſſtera S. Prokopa w tie
Summie wegplatni 11051. K. 20. gr. miſſ. a pro‑
ſj niže doložene Smienie weſniczim, a Gruntum
wlaſtnim Panuw Hrabat z Waldſſtegnu gako z De‑
falcati Summy trhowe, že ſtatek k Sazawu od Pa:
na Oppata Panum Hrabatum powinnau 1635. zl.
ᛞ tež ſobie niekterich tychž zapiſnich weſnicz wymie
nie‑

nieních a Klášteru zanechaních níže doloženích Panům Diediczuw niekdy Pana Jana Wiktorina Hrabiete z Waldsstegna za diediczwy Opupne, žadnemu w ničemž nezawadne, tauto Omlauwau diedičnie postupugy, a obewzdawagy, a to k gmenj, držení, dani, prodani, aneb ginemu tehoz diediczwy, Miesteczka a wesnic postaupeni, a stim sewssim czo a kdi se gim Panum Diediczum niekdy Pana Jana Wiktorina Hrabiete z Waldsstegnu lybytj bude, učinienym žadneho Prawa ani gake wzlassnostj sobie wyczegy a dalegy Parj Oppat niciegssy y budauczy, a czely Convent tehoz Klasstera S. Prokopa nad Sazawau nepozustawugicze, nybrz tež Miesteczko a Wesnice na nie Pana Adama Maximiliana, a Pana Jana Karla, a Bratra gich Ferdinanda Hrabata z Waldsstegnu przewozugy plnim Prawem.

Za druhé naproti tomu Pani Hrabata z Waldsstegnu z tiech zapisnich Wesnic duchownich odstupugy, a obewzdawagy Panu Oppatu, a czelemu Conventu tehoz Klasstera tyto, Bielokozly, Samopsse a Mlegnem pod Samopssy rzeczenym Pzntowym z rzekau, Mechogedy, a Dogedrzicze sewssemi okolnimy Lesy, przisslussegiczimy, a naležegiczymy, že gmena tomuto: przipadnosti ke wsy Benatkam začznauče w kautie proti Laucze Daubnamie rzeczene, u gedne maly Borowiczky Kamen hraneczny wsazeny, od tehoz diely na Horu Borowemu znameny stozgatemu, a tak dalegy do pul Pulauczku zase wsazen mezník Kameny, odtud u przimo na Žadnau Stranu se neobibagicze, nybrz po lyzych a znamenich až k diedinam odewzy mielnika wykazuge. Item zase na druhau horzegssi Stranu, gdaucz z tehoz Kauta na Horze opaczeneho, diely na welky Dub, odtud k giwowemu Brzy, kdež gest zase Kamen Meznj wsazeny, od tehož Kamene u przimo po mezy podle poly zarostlych od Benatek až dokud Lauka Daubnawa le že, tu gest wsazen Meznik Kamen z tehož přichazy Straubau na druhau Stranu potoka, na gedni Borowicy, y také zase Kamen mezni wsazeny, od tehož čestau wozowau až k mezniku wsazenemu, kde se sazegy Krunty Bosteleczke, S. Prokopske, a Hradecke, potom dalegy wedle Kruntuw Bosteleczkých ke wsy Augezczy, patržicych na Horu k Kadwaniczum, do Lesa slowe Nesmogny dil takoweho należy k Kadwaniczum, a dil Czakanowu po Haraneczniých aż do Laucžek w gedne Planie Gablonowe meznik wsazeny Kameny, odtud po Palaucze doluw po Kolle a porostlyny Czckanowských Suchym dilem potuczek (kteríž strze Czasem pržesychawa) ale Kokle welka diely, aż do potoka od Talmberka tekauczyho, odtud dolu po braneczniczych Lyzowanych wedle Lesu na prawe Strane Biehowky. Zase odtud nahoru do welkeho Krlisse aż pržes Straubu slowe k malymu Krlissy wssechno po Stromych laffowano aż na Muchohedsky Pole.

Item zase na druhy Strane k Pržiwlacze, nad rzekamy u Potuczkowa Megta slowe, odtud doluw po mezniczych aż do Rzeky pod wostrowem, kdež se taky Rzeka diely Horžegsy od Kruntuw Kattagskych, a dolegssy aż pod Mlegn Baczkuw S. Prokopských.

Item zase pod wraniczkau Skalau pada potuczek do Rzeky, ktery tecže od potauczku wraniczkeho Tem Hory Kattagske s Swato-Prokopstyma diely slowem Strzinie.

Item pod polmy Bielokozelskymy zdaucze po Potocze dolu aż pod Drachnawycze, slowie Les Kadlyczy. Zase od tehož Potoka diely druhy potuczek maly, wedle dlauhe Lecze, aż po gamu wlczy; zdaucze od Horadicz k Bielokozlum, Kadlycy, k Swatemu Prokopu, a dlauha Lecz k Hradku należy.

Item od te wlczy Hamy, woleseк Kadlauczka nad Palauk Zmerzinuw zase na cžestu druhau gdau-

cze

cze od Horadicz k Bielokozlum, odtud wedle krzowiny Koncz pole Ofebeftowcho, potom pod Hrzeben w czertowych dolych, prze Kokle, aż na Horu na czeftu k wlczy Gamnie, pod Kameneg wrch tak rzeczeny, wedle mokrze, czeftau gdauce k Dogedrzíczum wffe porzadnic laffowano aż k palauku neb Rybnicżku Machowemu, tu wffechny mezniky a Brunty miezy Horamy S. Prokopftyma, a Hradeczkyma, kterę wrchnofti prżinależegy, dochazegy. Toliko porofślynky Saufedum Dogetrzicziftych, tu wedle poly fe nachazy, oftatni Hory wffeczky k Hradku gfau, a patrzegy.

Wyczegy nachazy fe w Horach Hradeczkych Rybnik flowe Sfaffrow pod nim Luka Saufedum Dogedrziczftych, a dolegy Jana Kolarze Sazawfteho pufte dwa Rybniczky giż poroftle drziwym, toho Rybnika Sfaffrowa bez gakeho z Hagowany Hafazowanim Ryb, Saufede fwych Luk Crawamy a Tiż Jan Kolarz fwych Rybniczkuw drżiwim użiwati mohau, ale ginffy z wule, wffechna Wrchnofti Hradeczke prżinależy, a żadny z Saufeduw gy użiwati moczy myti nemuże. Gakż tyż mezniky a Hraneczniky u pritomnofti naffych Kommifarżuw, a obogy Strany, też lidy poddanich gich tu w welkym poczłu prżizromnych wffe obmezeno, feparirowano, a wikazano geft s gych prżifluffenftwim a użitky.

Trzetj. Nad to wegffe Pan Adam Maximilian a Pan Jan Karel Bratrży Hrabata z Waldftregna y na myftie nezletileho Bratra gych Ferdinanda, prżidawagy, a poftupugy, Temuż Panu Oppatu y czelemu Conventu Klaffrera S. Prokopa Smienau (proti temuż Miefteczku Mnichowiczum wfy Horadicz, wfy Samechowa, wfy Prżibiflawycz, wefnicz czelych, wfy Rowny, wfy Brżiwolage, dworu Kmeteczyho Drletina, czoż tu duchownibo, a zapifneho geft bylo, fewffim prżifluffenftwym, gakż wegfs w Pr=

wnim Artikuly doloženo, Klaſſteru nepřzileźitne.) — Cžož Panum Hrabatum z Waldſſtegna zuſtawa ſwe diedičzne weſničze Radwaničze Spuſtinau Benatſſtau ſewſſemy k tomu přinaležegičzymy Kolima požroſtlynamy, puſtinamy, a od Starodawna k nj naležy, nepogimagu wſſak do toho žadnich Luk Moſſticzkegch, kterich koliw wrchnoſt Panſtwy Hradku Komornihžo až doſawad w držzeni, a užiwany byly, neb ty Pani Hrabata z Waldſſtegnu ſobie wſſichzny per Expreſſum diedičzne wyminugy, a zanechawagy, gakž wyſaženy Mezničzy to wſſečzko rozdielugy. Gako y s Mlegnem Budinſkym a wſy Přziwlaky rzečzenau, s Rzekau a Leſy okolnimy, čzož Bruntum a weſničzym Klaſſterſkym hrubie přzileźite geſt. Gakožto napodobnie u přzitomnoſti naſſych Kommiſarzuw Stran, a lidy gegich wſſe meznikj obmezeno, ſeparirowano, očzitie ſpatržzeno, a wykazano bilo, a to wſſe ku prawemu Prawu diedičzſtemu tohož Klaſſtera S. Prokopa bezewſſech a wſſeligakych zawad. A přzitom take Pani Hrabata z Waldſſtegnu, od te wegplaty Summy 12893 zl. 13 kr. 2 d. neminie čzož Tyž Pan Oppat, a čzely Convent Klaſſtera S. Prokopa Panum diedičzum niekdy Pana Jana Wyktoryna z Waldſtegna za prodane weſničze w Letu 1663 s gich přziſluſſenſtwym Kapitalu 1500 zl. y s Aurokem za pul druheho Leta wzeſſlym, čzehož obeho 1635 zl. wynaſſy dobrowolnie opauſſtj, a tiech dwauch Prætenſi, gak wegplatnj, tak y dlužnj, od Klaſſtera S. Prokopa, nikdy wyčze užytj nežadagy, nybrž tiž Klaſſter z tiech obauch Poſſt uplnie, a do čzela kwitugy, nyny y na čzaſy budaučzy a wečznie.

Čztwrte. A gakož giž w teto Smlauwie doloženo, že z tiech zaſtawnich Bruntuw Panum Hrabatum z Waldſſtegna, Pan Oppat a čzely Convent Klaſſtera S. Prokopa poſtupuge, a diedičzne zanechawa, Mieſtečzko Mnichowičze, wſy Heradičz,

Sa—

Samechow, Przibiſlawicz, Rowny, Brziwolage, a dworu Knetczyho Drletina. A to za diedicztwy ſpupne, a žadnemu w niczemž nezawadne.

Naproti tomu Pani Hrabata odſtaupily Panu Oppatu a czelemu Conventu, Weſnicz zapiſnich a duchownich bezewſſy wegplaty, Bielokozly, Samopſſe s Mlegnem pod Samopſſy Bartowym rzeczenim s Rzckau, Wes Mechogedy, a Dogedrzicze, a ſewſſemy okolnimy Leſy bližegy Blaſſtera ležyczymy, že gmena gmenowany a k tomu upuſtily od Summy wegplatnj 12893 zl. 2 d. a Summy Trhowe 1635 zl. czo za weſnicze diediczum Waldſſtegnſkym doplatiti mnily, a nad to wegſſe Summnau, přžidaly ſwe wlaſtni, a diediczne Weſnicze Blaſſteru S. Prokopa welmy přžilezitie, Radwanicze s Puſtinau Benatſkau a s Mlegnem Budinſkym, a wſy Prziwlaky rzeczenau y s gich wſſeligakym přžiſluſſenſtwym.

Proczež powaziwſſe gedno proti druhemu uznaly gſine, že ſe tu temuž Blaſſteru S. Prokopa žadna Brziwda a ublizeny neſtalo, nybrž geſſtie Blaſſterſka Satisfakczy protj tiem Mieſteczku, a weſniczym zapiſnim, Panum Hrabatum diedicžnie zanechanych quantum wietſſy prževiſſuge, tak že Blaſſter na tom dobrže, a zwlaſſtie pro ſwau přžilezitoſt obwyknauti a přzeſtati muže.

Gakož pak ryž Pan Oppat, a czely Convent tehož Blaſſtera S. Prokopa nad Sazawau na tom přzeſtaly, a přzeſtawagy, to dobrowolnie ugimagy, a s tau Smienau dobrže ſpokogeny ſau, a bytj mohau, a že ſe nykdy wyczegj a pro nic ginęho, czoby ſe tiech Mieſteczka, Weſnicz, a Bruntuw zapiſnich, duchownich w tiech prřžipomenutich Majeſtatich obſazenych dotikati chtiel, na nie Pani diedicze neb Pana Jana Wykrorina Hrabie z Waldſtegna diedicze, a budauczy gich a drzitele Statku Hradku Komorniho nad Sazawau, pod nezadnym wymiſſlenym Præten-

tentem, budto domnela Læſi, aneb gakym koliw Ti:
tulem bylo wymyſſleno bytj moblo, potahowati na:
wraczowati nema, a moczy mytj nebudau. Za ſebe
y budauczy Pani Oppaty a czely Convent nynicgſſy
y budaucy, ſlybugy a prʒipowidagy. Kdyby y czo
toho kdo učʒiniti chtiel, tehdy to ʒadneho Miſta, a
pruchodu proti teto Smlauwie, a dokonalemu po:
rownanj gmytj, a prʒi ʒadnym prawic gak ducho:
wnim tak ſwietſkym attendirowano bytj nema, nyny y
na budauczy čʒaſy a wiecʒnie.

   Za Pate. Czo ſe pak w temʒ Majeſtatu G.
M. C. Ferdinanda prwniho meʒy ginimy weſnicʒe:
my Oſtwrniowa rʒeczene dworu Kmetczyho Chlu:
mu, dworu Koʒly, a Mlegna Baczkowa, teʒ w Ma:
jeſtatu G. M. C. Rudolfa dworu a wſy Crʒebora:
ticz a prʒitom twrʒe puſte Trʒiſſkowicz, s gich prʒi:
ſluſſenſtwym doticʒe, y poniewadʒ tiʒ mlegn Ka:
czkuw, giʒ prʒedeſſle temuʒ Klaſſteru S. Prokopa
od Ne. Pana Jana Wiktorina Hrabiete ʒ Wald:
ſſtegna wedle prodaneho Mieſteczka Saʒawy, a gi:
nich weſnicʒ, take poſtaupen geſt, toho ſe prʒitom
beʒewſſy dalſſy gake nahrady poʒuſtawuge. Te pak
twrʒe puſte Trʒiſſkowicz, dworu a wſy Crʒebora te
wſy Oſtwrniowa, dworu Chlumu, a dworu Koʒly,
dotčeny Pan Jan Wiktorin Hrable ʒ Waldſtegnu,
mnohem menieg Pani Diediczowe geho nikdy w
drʒeni, a uʒiwani nebyly, ani take kterak, a gakym
Spuſobem a komu od prʒedeſſlich drʒitelluw odczize:
ny gſau, wiedieti ſe nemuʒe.

   Proczeʒ prʒitom odčʒiʒeni ſe toho s czela, a
ʒauplna poʒuſtawuge, a timto Kontraktem ſmienu:
ge, a defalciruge, tak ʒe na budauczy y wiecʒne čʒaſy
Pan Oppat, a Convent Klaſſtera S. Prokopa na to
ſe nikdy wyczegy nawraczowati nemagy, a moczy
myti nebudau.

Za Sešte. A jak podle teto Smlauwy, smieny porownanj a defalcati gakž cžasto, a kolikrate opatcženo, Panum Hrabatum z Waldssteyna na Komornym Hradku diedicžne se pržiwlastnugy a zustawagy Miestecžko Mnichowicze, Wes Horadicze, Wes Samechow, Wes Pržibiſlawycze, Wes Rozwna, Wes Bržiwolage, a dwur Kmetcy Drletin, a proti tomu Panu Oppatu, a cželemu Conventu Blasšteta S. Prokopa zustawagy Wesnicze zapisne, s gych pržisluſſenstwym, Wes Bielokozly, Wes Samopsse s Mlegnem pod Samopssy Bartowym, Wes Mechogedy, Wes Dogedržicze od Starodawna duchownj, k tomu diedicžne Wesnicze od Panstwy Hradku Komorniho nad Sazawau. Radwanicze s pustinau Benaťskau s Mlegnem Budinskym, a wſy Pržiwlaku ržecženau seſſim wegſo doloženym pržisluſſenstwym (Krom Luk Mossticžkych Daubraw, Luk czelych po te Stranie k Mosstissrium, tak gakž Moynicžy wysaženy, a napržed gmenowany gſau, které Wrchnosti Komorniho Hradku od Starodawna užiwaly, a užiwagy) tež taky ty Summy zastawny 12893. zl. 13 kr. 2 d. a druha Krhowa 1635. zl. to wsse Blaſſteru diedicžnie se požustawuge, a plnym Prawem zanechawa nyny y na cžaſy buduucy, a wiecžnie.)

Procžež obie dwie Strany gak Pani Hrabata z Waldsstegnu Panu Oppatu a Blaſſteru S. Prokopa, na ty od nich diedicžne Wesnicže postaupene, tak zase Pan Oppat, a cžely Convent Panum Hrabatum na ty zastawny a giž nynj za diedicžne tauto Smlauwau zanecha, a k Statku Hradku, pržipogene Miestecžko, a Wesnicžy podle proporcžy pržed zawadamy gedni druhym Evicti, a Sprawu cžinj, a zapisugy, gak Žemie za Prawo ma, pržj čemž take Pani Hrabata geho Pana Oppata, a cžely Convent

z tiech

z tiech 12893 zl. 13 kr. 2 d. gako y z tiech 1635 zl. kwitugy, a propaussti.

Za Sedme. Že pak ty niekterc Wesnicze, ktere Pani Hrabata Klasstcru postupugy, gsau strze ty neurodne a strassne Bogenske Leta schozena, proczež bude moczti Pan Oppat a czely Convent Reparati pržj kralowske Berny Zemske dle Commissy Visitationis pohledawati, a gessly žeby Pani Hrabata z Waldsstegnu gakau defalkaczy od G. M. C. na ty stare zadržele Kontrybuczy, Slewunku na swau Prætensi za Komorau magiczy co obdržely, že w to tež y ty Wesnicze tauto Smlauwau Klasstcru odstaupene, odewzdane pogate a toho pro rata Portione auczastna byti magy.

Pakliby G. M. C. na Prætensi Panuw Hrabat z Waldsstegnu za Komorau magiczy te defalkaczy Kontrybuczy uciniti chtiti neraczila, tehdy Pani Hrabata z Waldsstegnu tiech Kontrybuczy zadržclych na tiech Wesniczych Klasstcru od nich pržistaupenich platiti powinny nebudau.

Za Osme. Kterži poddany z gedne y druhe Strany w Poddanosti se zanechawagy, neb wyminugy, ty na obzwlasstnj Speczyfikaczy položenj; od Pana Oppata Klasstera S. Prokopa, y Pana Adama Maximiliana Hrabiete z Waldsstegna Rukamy wlastnima podepsani gsau a to tak swau podstatu mytj ma, gakoby to w teto Smlauwie zegmena wypsano bylo.

Dewate. Kontrybuczy wogenske w nowie w tomto Roczc 1662 zassle a zadržele Poddany giž k Klasstcru odstaupenj co na nie pržichazy bez odkladu zaplatiti magy. Naprotj tomu Auroky peniežite y obilne dluhy, czož gim Wrchnost pro spomoženy gich w horowosti zakladala, tež taky dluhy za Piwa do Hospod wystawena pro shadssy gich tiech

Kon-

Kontrybuczy zaprawenj, Pani Hrabata gim wssecžno pasyrugy, a odpausstiegy.

Desate. A czož tu tak tauto Smlauwau a Porownanim skrze nasse naržizene Kommisarže o smlauwu mezy Panem Oppatem a czelym Conventem Klasstera S. Prokopa y na Mistie budauczych, a Pani Hrabaty z Waldsstegna tež Diediczum a potomnich držiteluw Statku Hradku Komorniho, smluweno, narownano, smienieno, defalczyrowano, dobrowolnie ugato, a oblybeno gest, to gsau sobie obie Strany gak na wzacznie duchowny osoby a Hrabata pržisslussy, pewnie bezewsseho protrženi o diediczy a budauczymy swymy zdržeti, a tomu wssemu zadosti učiniti pržipowiediely na čjasy budauczy, a wiečžnie.

Na Potwrženi toho gest tato Smlauwa we tržy Exemplarže pržepsana, pečžetmy nassych Kommisaržůw, a Smlauwczuw tež y od Stran upečžetiena a podepsana. A poniewadž se tuto Smenych Duchownich Kruntuw doticže; Proč jež pro wsseligakau Bezpečžnost a nepromienitednau Stalost Pan Oppat od swe Strany toho pržy Geho Wysocže Oswyčžene Kniežeczy Emminenczy Panu Panu Kardynalu z Harrachu Arcybyskupu Prazskem. Gakožto nad Statky Duchownimy w Cžechach po G. M. Cys. a Kral. neypržedniegssim Jnspektoru (Titl) gakž nažpržed doloženo pohledawal, že gest w tom swau wuly a Consens sub dato na welebne Konsystoržy Prazske 22. Aprilis Leta Tisycžyho Ssestisteho Ssedesate Sedmeho na Papirže postaweny, kterež se in originali pržy teto Smlauwie sklada, dati račžil.

Nemienie dotekkagiczce se tuto y Snatka Ferdinanda Let nemagiczyho. Proč jež pro lepssy Stalost, a obogy Strany, Bezpečžnost ma tato Smlauwa, a porownany dle Kžizeni Zemskeho obnoweneho A. 25. 26. G. M. Cžysaržske a Kralowske knegmimiloſtiwiegſſy Ratificati a Confirmati przedneſſena, podana, a zato aby po tež Ratificati na Relati Geho Miloſti Czyſarſke do deſt Zemſkych na ſpoleczni naklad rownym dilem wložena, a wepſana byla žadano bytj. A tak my wegſſgmenowany Kommiſarzy nadgmenowany Strany na ten Spuſob, s gich dobrowolnym oblybenim k cžemuž ſe przed namy gednomyſlnie prziznaly, ſme ſmluwily, a na dalſſy negmiloſtiwiegſſy Ratificati G. M. Czyſ. tuto Smluwu zawržely. Stalo ſe Leta, a dne Swrchu pſaneho.

(L. S.)   (L. S.)

Waczlaw Girzy Hrabie   Frantiſſek Max. Leopold
3 Sternberga   z Talmberga.

(L. S.)

Daniel Ildephons
Oppat Klaſſtera S. Prokopa.

(L. S.)   (L. S.)

Adam Maximilian Hrabie   Jan Karel Hrabie
z Waldſtegna.   z Waldſtegna

Nicht lange nach dieſer Ausgleichung ſtarb Abt Daniel Ildephons zum allgemeinen Leidweſen ſeiner Brüder den 1. Oktober 1679. in ſeinem Kloſter, und erhielt die Begräbniß in der Mutter Gottes Kapelle linker Hand. Nachdem der äbtliche Siß dieſes S. Prokopkloſters ſchon gegen drey Monate offen ſtund, verſuchte der braunauer Abt, das Recht, einen Abten zu ernennen, ſich zuzueignen; allein als dieſes die Brüder erfuhren, baten ſelbe den Fürſt Erzbiſchof Johann Frie-

Friedrichen unter den 14. Dezemb. dieses Jahrs, sie
in dem Rechte der freyen kanonischen Wahl gegen die
Zudringlichkeiten des Visitators zu schützen, welcher
dem Konvent unter dem 15. Febr. 1680. die Versi-
cherung seines Schutzes schriftlich ertheilte, und zu der
neuen Wahl seinen Kanzler Johann Franz Liepure,
und den Konsistorialrath Mathäum Malanotte, der beiden
Rechte öffentlichen Lehrer, abschickte. (*) Hierauf er-
folgte die kanonische Wahl des Cölestinus Gindrzich,
der Geburt von Trebicz aus Mähren, und Profes-
sen im Kloster Kladrau, zum XL. Abten bey S. Pro-
kop, welcher auch förmlich von K. Leopold bestättiget
wurde. Dieser Abt erwarb sich das Lob eines recht-
schaffenen, hochgelehrten, von den Seinigen und der
Nachbarschaft geliebten Manns. Die Zeit seiner
Verwaltung war aber durch einen betrübten Zufall
nur kurz. Es war nämlich dieser Prälat ein besonde-
rer Liebhaber der Nelken, die er im hinteren Thurm
des Garten im obersten Stockwerk bewahret hat; er
besuchte sie den 18. Juny 1681., rutschte mit dem Fuß
ab, fiel mit dem Kopf auf einen Balken auf, und
sodenn todt die Treppe herab, von welchem tödtlichen Falle
das häufig aus dem Kopf dieses Geistlichen hervorge-
brochene Blut noch heute zu Tage an diesem Bal-
ken zu sehen ist.

Dem Abt Cölestin folgte 1681. Benedikt Gra-
ser, von Karlsbaad gebürtig, Profeß des Klosters Kla-
drau, durch Wahl des Konvents, als XLI. Abt.
Dieser sehr beliebte und thätige Mann hat den ho-
hen Altar in seiner Klosterkirche errichtet, eine Or-
gel aufstellen lassen, und hat die Figural-Musik ein-
geführet. Alle Krüften der Kirche ließ er ausbauen,
und die Höhle des heiligen Prokops unter dem hohen
Altar gewölben, zu welcher eine breite, mit einem Kruft-
stein

(*) Beede Schriften stehen in den Actis Processus, &
litis pag. 99. & 100.

stein in der Kirche bedeckte Treppe hinabgehet, in welcher Bockstritte ausgedruckt sind. Sie war eher im alten Kloster, über welche (der Sage nach) der heilige Prokop den Teufel gejagt, und dieser die Tritte hinterlassen hatte; jetzt gehet aus der Seitenkapelle auf der Evangelnseite eine doppelte Schneckentreppe in diese Höhle, welches künstliche Werk ein Uiberbleibsel des alten, vor der Zerstörung gestandenen, Gebäudes ist.

Abt Benedikt bekam 1686. von Johann Christoph Freyherrn von Talmberg, Bischofen zu Königgratz, einen silbernen Pontifical-Gießbecken im Werth 200 fl. Er war in diesem 1686. Jahr zu Prag den 23. November vom braunauer Abten Thomas, dann jenem 1690. von 10. bis 12. July auch zu Prag von demselben abgehaltenen Ordenskapitel zugegen, und starb nicht ohne grossen Leidwesen der Seinigen den 13. November 1697.

Nach dessen Tod entstund Zwietracht unter den Brüdern, weßwegen zu keiner ordentlichen Wahl geschritten, sondern dem Konvent auf dessen Bitte von dem Ordensvisitator, dem braunauer Abten Thomas, der älteste Profeß P. Aemilian Hlassivetz auf drey Jahre als Administrator gesetzt wurde. Der nachfolgende Ordensvisitator und Abt zu Braunau, Ottmar Zink, verlängerte diese Administrazion 1700. auf andere drey Jahre, bis endlich 1702., den 18. July (nach den Exemptionsacten pag. 97) die Wahl eines Abten in Gegenwart der Erzbischöflichen Kommissarien, mit Wissen und Willen des Erzbischofs Johann Friedrich, und ohne daß der braunauer Abt darwider etwas eingewendet hätte, vor sich gieng; oder aber — bis, (nach eben diesen Exemptionsacten pag. 192.) der braunauer Abt Ottmar, als Vorsitzer der Wahl, aus ihm heimgefallenen Rechte, den Wenzl Koschin von Freidenfels zum XLII. Abt ernannt hat; welches letztere wahrscheinlich ist, weil der Eid dieses Abten, und dessen

Bestätigung klar das Wort: ernannter Abt, enthält. Dieser Mann wurde nach einem sechsjährigen Streit zwischen dem Erzbischof und dem braunauer Abten Ottmar 1709 den 14. April am Sonntag nach Ostern im Kloster S. Prokop, von Veit. Saibt, (Suffragan des Erzbischofs Johann Joseph Gr. von Breuner) infulirt, weil damals der Exempzionsgeist glimmte, und der Abt den Fürst Erzbischof für seinen Ordinarium nicht erkennen wollte, endlich aber durch Unterwürfigkeit die Inful erhielt; nebst dem hatte er viele Widerwärtigkeiten von seinen Brüdern auszustehen, welchen zu entgehen, er 1712. dem Vorsteheramte entsagen mußte.

Das Kloster bekam hierauf den Benedikt Bach zum Administrator, welcher 1717. starb. Nach diesem war Michael Klimaschke bis zum Jahr 1728. Administrator; inzwischen war der Abt Wenzel 1721. durch einen kaiserlichen Machtsspruch wieder eingesetzt, weil er aber sechs Jahre hindurch in lauter Händeln und Streit zubringen mußte, und ihn das Konvent durchaus nicht haben wollte, entsagte er abermalen, und zwar auf immer seinen Ansprüchen, starb endlich bey einem Freund zu Prag 1734. den 23. April, und wurde in dem S. Prokopskloster begraben. Während der Abministrazion fundirte 1702. den 8. Febr. Franz Bar. von Talmberg auf Postupitz einen Geistlichen für das Kloster mit 3000 fl. Kapital, und der Verbundlichkeit, daß auf dessen Absicht des Jahrs 12 Messen, das ist: alle Quatember drey gelesen werden; wovon aber 1710. bey Abschätzung der Herrschaft Rattay abgegangen, und die Obligation zurückgenommen worden ist. Auch Gräfinn Magdalena Sternberg, gebohrne von Heisenstein, vermachte im Jahr 1706. den 21. März der Kirche 100. fl. Johanna Fr. von Talmberg, gebohrne Gräfinn Waldstein, vermachte auch im Jahr 1708. im Märzmonat der Kirche 100 fl. Desgleichen schenkte Jo-

sepha Fr. von Talmberg, gebohrne von Levenfels, dieser Kirche 1710. den 10. Februar 100 fl.

Im Jahr 1713. schenkte Graf Franz Joseph von Waldstein auf Kammerburg eine silberne Lampe zum Bilde des heiligen Prokop, und zu derselben Unterhaltung auf Butter jährlich 20 fl. mittelst eines Instruments vom 2. Juny, welche dann 1720. auf ewig mit 500 fl. gestiftet worden ist. Dessen Gemahlinn zahlte aus Ehrerbiethung zu dem heiligen Prokop dieses Jahr die rückständige Steuer mit 2222 fl. 34 kr. 4 1/2 d. aus, und schickte die Quittungen dem Kloster; eine Großmuth, die selten ihres gleichen hat. Graf Weißenwolf auf Wlassim schickte dieses Jahrs den 4. July durch den Wlassimer Dechant für das Gnadenbild des heil. Prokops eine silberne, vergoldete, mit Steinen gezierte Inful mit Pedum und heiligem Schein, welche Stücke noch heute am Bilde zu sehen sind.

Noch im Jahr 1714. den 3. July opferte der Zasmucker Pfarrer Sigismund Hlaßwetz ein silbernes, wohlgestalt verfertigtes Geschier zur Aufbewahrung der Uiberbleibsel des heiligen Prokops im Werth 202 fl.

1719. Ließ die Gräfinn Trautmansdorf eine grosse silberne Lampe für den hohen Altar, und eine derselben ähnliche ihr Sohn, Graf Adam von Trautmansdorf auf Gemnischt, im Werth 200 fl., verfertigen.

Johann Joseph Graf Wrtby, Obristburggraf in Böhmen, schickte 1724. im Monath Dezemb. der Kirche eine grosse Lampe in Gestalt eines Herzens mit dessen Wappen, welche bey der Aufhebung auch unter andern vorhanden war.

Alles dieses setze ich darum hieher, um die Hochachtung vorzustellen, welche der heilige Landespatron Prokop sich bey seinen Böhmen erworben hatte, und ob ich zwar durch diese Schrift mich seiner Wunderthaten in vielen Gelegenheit gestiessentlich enthalten habe, um mich nicht dem Gespött der eingebildeten Aufkläklärer auszusetzen; auch ohnehin sehr viele Schriftsteller darüber geschrieben haben: so kann ich doch nicht jenes Cirkularschreiben übergehen, welches im Jahre 1711. den 12. Juny von der königlichen Stadthalterey an alle Kreisämter ergangen ist, und so lautet:(*) „Wir verhalten Denenselben nicht: Was Gestalten uns das löbl. Dohmkapitel bey S. Veit ob dem k. prager Schloß zu vernehmen gegeben, wie daß von Jahr zu Jahr am Tag des heil. Prokopi Abtens, und dieses Königreichs Patrons, nicht nur verschiedene Unglücke und höchstbetrübte Zufälle sich ereignet, sondern auch sowohl im verwichenen, als jeztlaufenden Jahre, öftere Wunderzeichen an einer Bildniß dieses Heiligen in der Klosterkirchen bey S. Prokop an der Sazawa wahrgenommen worden, welche Eingangs erwähntes löbl. Dohmkapitel auch in der dießfalls angestellten kanonischen Inquisizion vermög hierüber abgenommenen eidlicher Zeugenaussage, so viel die Opparenz der vielfältigen Verwend- und Erhöbung der Augen dieses Bildes gegen den Himmel, und deren hinwiederum Niederlassen anbetrift, also wahr befunden, daß obmenzionirtes Domkapitel zu mehrerer Beförderung dieses Heiligen Ehre einen Specialem Cultum & Venerationem erwähnter Bildniß zugestanden hat. Und nun aus darbey eidlich bestättigten Wunderzeichen ohnschwer abzunehmen, wie Gott der Allmächtige selbst diesen Diener, und dieses Königreichs Patron in mehrer Verehrung, als bis dato geschehen, gehalten zu werden verlange; diesemnach öfters ernanntes Dohmkapitel in consideratione dessen, und damit mehr gedachter Heiliger bey der göttlichen Allmacht um Abwendung alles Uibels von diesem Königreich desto eifriger vorbitten, mithin das selbige seines heiligen Patroni so viel fruchtbarlicher genüssen lassen wolle, gesinnt ist: nicht nur allein durch die ganze Archidiözes bey der untergebenen Geistlichkeit, die Verordnung zu thun,

son-

(*) Von Wort zu Wort nach dem Original.

sondern auch die beyden Kapitel der noch erledigten zweyen Bißthümer zu Leutmeritz und Königgratz freundlich dahin zu intentioniren, damit am Tage des heil. Prokop, so den 4ten nächstkünftigen Monatstag July am Samstag einfallen wird, vor jetzt und künftige Zeiten, nähmlich den Vormittag hindurch von aller, an gebotenen Feyertägen untersagten Arbeit, und sogenannten operibus publicis, sive servilibus, man sich durch das ganze Land enthalte, und solchergestallt in allen Kirchen diesen Tag mit desto größerer Andacht und Solemnität, als bishero begangen, geehret werden möge.

Gleichwie nun wir diese gute Intenzion zu Vermehrung der Ehre Gottes und besagten heil. Prokop, Patron dieses Königgreichs, damit durch seine Vorbitte dieses Königreich von allen Uibel behüttet werde, heilsam erachten, also auch im Namen und anstatt Ihro Majest. der verwittibten römischen Kaiserin, auch zu Hungarn und Böheim Königin, Eleonore Magdalene Theresie, als dermaligen Regentin, wir denen Herren hiemit befehlen, daß dieselbe alsogleich in den Ihnen anvertrauten Kreisen, alle Obrigkeiten per Patentes respective errinern, und denen Landesinwohnern, Magistraten und Gerichten, aus obangezogenen Ursachen gemessen anordnen, den oberwähnten Tag des heiligen Prokop, unsers und des Königreichs Patron, so wird seyn den 4ten jetztkünftigen Monats July am Samstag, mit größerer Andacht ehren, und also auch die Magistraten und Gerichte mit Mitbürgern, Zünften und Inwohnern, daß an diesen Tag dieselbe nehmlich den Vormittag hindurch von aller angebotener Arbeit und operibus servilibus sich enthalten, und denen angestellten in dem ganzen Königreich in denen Kirchen verordneten Andachten beywohnen, dabey fleißig Gott den allmächtigen anruffen und beten sollen, mitgeben; die Herren aber ohne Verliehrung einiger

Zeit

Zeit diese unsere Verordnung zu Jedermanns Wissenschaft und Observanz in den ihnen anvertrauten Kreisen publiziren zu lassen, den Befolg berichten sollen. Geben auf dem königl. prager Schloß den 12ten Juny 1711."

Franz Leopold Liebmann.

Uiber diese im Jahre 1739. von viel hundert Menschen gesehene wiederholte Oefnung der Augen am Bilde des heil. Prokops haben Ziegelbauer, Hugo Fabricius, und Andere geschrieben, es ist auch bey mir eine vollständige Handschrift, welche Augenzeigen gegen mich betheuert haben.

Während der Klosterhändel folgte dem Administrator Michael Pater Bonifaz Fritsch, braunauer Profeß, welcher das Kloster bis zum Jahr 1744. löblich verwaltete. Dann folgte wieder in einer ordentlichen Wahl durch Vermittlung des braunauer Abten Benno Löbl, als Ordensvisitators, Pater Anastasius Schlanczowsky gebürtig aus Prag, und aus den Kloster-Professen, in diesem 1744. Jahr als XLIII. Abt, welcher auch von der Königinn M. Theresia bestättiget, und dann insulirt wurde; nicht allzulang darauf, da er in dem Trakt der Prälatur Röhrböden machen ließ, entbrannte durch Unvorsichtigkeit der Arbeiter das vorräthige Rohr 1746. den 10. Jenner, welches die Prälatur, das Kloster, und die Kird: einäscherte, und das S. Prokopskloster in sehr mißliche Umstände und in die Nothwendigkeit setzte, bey Gutthätern Hülfe zu suchen, Sammlungen zu erbitten, und Gelder zu erborgen. Unter den Gutthätern sind folgende:

	fl.	kr.
Augustin Wenzel Soukop, Pfarrer zu Choczerad und erzbischöflicher Vikar, gab fürs Altar des heil. Prokop	100	-

F   Der

	fl.	kr.
Der Administrator in Laureta bey Wlassim Chobodides	8	15
Der Amtmann Jakob Suche zu Kammerburg	16	30
Johann von Hartlieb	50	-
Ein unbekannter Geistlicher fürs Glas zum Altar	20	-
Zur Herstellung des Klosters der Wlassimer Dechant	100	-
Der Suffragan Bischof Graf Spork.	41	30
Gräfinn Waldstein	12	36
Gräfinn Sereni	12	27
Jakob Korb Pfarrer in Janowicz	37	22 $\frac{1}{2}$
Administrator zu Skalicz	8	15
Fräule Anna Sudkowsky	4	12
Annoch selbe durch Sammlung	6	12
Fürstinn von Savoy	50	-
Graf Wrtby von Konopischt	100	-
Burggraf zu Konopischt	48	33
Aus der österreichischen Sammlung.	921	-
Aus einer andern Kaiserlichen	897	-
Von Herren Ständen erhoben	3000	-
Von Herrn Gindra geborgt	1000	-
Von des Supriors Frau Mutter	1500	-
Für verkaufte Mühle	400	-
Aus des Juden Kaution	400	-
Aus des Beamten Kaution	500	-
Vom Taynitzer Pfarrer	500	-
Vom Ordensvisitator	250	-
Aus der Salzkassa	2000	-
Summa	12083	52 $\frac{2}{3}$

Mit dieser Beyhülfe ließ Abt Anastasius das Kloster ganz von Grund, in der Gestalt, wie es heute noch zu sehen ist, überbauen, wodurch nichts von den al-

alten Mauern, auſſer den aufgebrochenen Steinen benutzet wurde. Durch dieſe neue Anlage verſchwanden ganz der alte Grundriß und auch alle Merkwürdigkeit, die den Ort verehrungswürdig machten, ich meine, die häufigen Grabſteine und Monumente der alten böhmiſchen Geſchlechter, welche aus Trieb zur Andacht und Zutrauen zum heil. Prokop dort, beſonders in dem Konventskreuzgang ihre Ruheſtatt beſtimmt hatten; allein dieſer Abt ließ alle die ausgebrochene Kruft- und Leichenſteine, und ſonſtige Monumente, deren Zahl ſehr groß war, in die neuen Kloſtergründe verwenden, ohne bevor wenigſtens die Zeichnung und Innſchriften ſelben abzunehmen, welches vielleicht das Einzige iſt, daß ſein ſonſt rühmliches Betragen ein wenig zurückſetzt. Alle Altäre in der Kirche ſind neue Werke dieſes Abten; Er hatte auch den unangenehmen Ausgang des Exempzionsprozeſſes, und den päbſtlichen Spruch: Daß er ſo, wie die Benediktineräbte zu Braunau, Kladrau, S. Johann unter dem Felſen, und S. Niklas zu Prag, ſich dem Erzbiſchof zu unterwerfen habe, im Jahr 1758. erlebet, da er endlich, durch viele Krankheiten darnieder gedruckt, den 5. April 1763. das Leben endete.

An ſeine Stelle wurde in dieſem Jahr den 16. Juny Leander Kramarz, von Beneſchau gebürtig, aus den Ortsprofeſſen zum XLIV. Abten erwählet. Unter dieſem verkaufte das Kloſter das Gut Czirkwitz im Jahre 1772. und machte dagegen einen vortheilhaften Kauf mit den von Hartlibiſchen Höfen im Dorfe Trzebaul, nahe an der Stadt Kaurzim. Dieſer ruhige und die Einſamkeit liebende Mann brachte ſeine Zeit ſtets mit Eintracht in ſeinem Kloſter, und auf den ihm zuſtehenden Gütern zu, ohne ſich mit auswärtigen Sachen zu bemengen. Er hielt Ordnung im Gottesdienſt und der Wirthſchaft, und ich kann ſagen, daß es für einen Mann, der ſich gerne dem Weltgetümmel

bisweilen zu entziehen suchet, eine Lust war in diesem Kloster ein Paar Tage zubringen zu können, und gleichwohl traf dieses abseitige, niemanden im Wege gestandene, und zu nichts anwendbare S. Prokopskloster das Schicksal der Aufhebung im Jahr 1785.

Mir wurde der Auftrag zu dessen Aufhebung, und die Maaßregeln gegeben, die ich, nach meiner dort Abends den 3. Nov. erfolgten Ankunft, den 4. anfieng, und in acht Tagen vollzog; im Kloster traf ich, nebst dem acht und sechzigjährigen infulirten Abten, des Königreichs Prälaten, Leander Kramarz aus Beneschau, welcher vor 44 Jahr zum Priester geweihet war, folgende Geistlichen an, die ich nach Ordnung ihrer Klostergelübde nenne.

1. P. Edmundus Chwalowsky aus Kaurzim, Senior, 69 Jahr alt, 49 des Klostergelübds und 47 des Priesterthums.

2. P. Hugo Fabricius aus Laun, 73 Jahr alt, 48 des Klostergelübds und 47 des Priesterthums.

3. P. Norbert Hausenka, aus Leutomischel, Subprior. 63 Jahr alt, 45 des Klostergelübds und 40 des Priesterthums.

4. P. Maurus Megstrik, aus Chwalkowiz, 60 Jahr alt, 41 des Klostergelübds und 30 des Priesterthums.

5. P. Benedikt Chwalkowsky aus Bidczow, Archivarius, 55 Jahr alt, 33 des Klostergelübds und 31 des Priesterthums.

6. P. Adalbert Petter aus Horazdiowitz, Prior, 57 Jahr alt, 33 des Klostergelübds und 31 des Priesterthums.

7. P. Prokop von Hartlieb, aus Prag, 48 Jahr alt, 31 des Ordensgelübds und 25 des Priesterthums.

8. P. Wenzel Martinek aus Policzka, Pfarrer, 53 Jahr alt, 31 des Ordensgelübds und 26 des Priesterthums.

P.

9. P. Damian Kroczak, aus Kaurzim, Provisor, Rentmeister und Apotheker, 53 Jahr alt, 30 des Ordensgelübds und 25 des Priesterthums.

10. P. Joseph Jawurek, aus Beneschau, Bibliothekar, Regenschori und Kellermeister, 44 Jahr alt, 21 des Ordensgelübds und 19 des Priesterthums.

11. P. Veit Prossil, aus Leutomischel, Prediger und Kuchelmeister, 49 Jahr alt, 21 des Ordesgelübds und 19 des Priesterthums.

12. P. Marian Spirit, aus Prag, Cooperator, Prediger und Sakristaner, 37 Jahr alt, 15 des Ordensgelübds und 9 des Priesterthums.

13. Bruder Gaudenzius Kurzweil, Clericus, aus Suchomast, 27 Jahr alt, 3 des Ordensgelübds.

14. Bruder Nepomucen Staschek, Clericus, aus Bidschow, 28 Jahr alt, 1 des Ordensgelübds.

Alle Kostbarkeiten sowohl der Kirche als des Klosters, alle Obligazionen und Stiftbriefe mußten verzeichnet, und nach Prag in das Kammerzahlamt gesandt, alle übrige Sachen vom minderen Werth ebenfalls verzeichnet, die Güter aber der Staatsgüterverwaltung übergeben werden; Noch vor Ausgang der 5 Monate, die den Klostergliedern zum Aufenthalt im Kloster, das ist, bis zum 4ten April 786. verstattet waren, mußte ich den 1ten März alle vorräthige und nicht abgegebene Sachen, Geräthschaften und Waaren, den Meistbietenden Stückweise hindanngeben, und das Geld dem Kammerzahlamte abführen.

In dem Klosterspeissaal befand sich damals ein großes Bild, welches die Stiftungsfeyerlichkeit und Geschichte des Klosters vorstellte; dieses enthielt folgende chronographische Inschriften, die ich zur Erläuterung der Geschichte mittheile:

VDaLrICVs a Venatione fatIgatVs haVsto VIno eX aqVa faCto refeCtVs InItIa IeCIt, deutet aufs Jahr 1009.

Brze-

BrzetLsLaVs pII patrIs pIVs fILIVs, & Donător benefICVs ProCopIo IbI abbate præfeCto perfeCIt, enthält das Jahr 1032.

Aſt ZIzCa fVr & Latro, non PatrIota, & eXtrVCta ſoLo æqVans & obLata erIpIens Vt BarbarVs rVInaVIt, fVnDItVsque DIſIeCIt. Iſt das Jahr 1420.

LoCVs Iſte SazaVenVs In rVIna poſItus IſtIs annIs eIVLaVIt, ſaget, daß durch 244 Jahre das Kloſter öde geweſen.

PIe LeCtor! poſt nVbILa Phœbus! ILDefonſVs reſtaVraVIt, nIgra NIgrIn DeaLbaVIt, ſaCer LoCVs eXVLTaVIt. Enthält die Wiederherſtellung des Kloſters im Jahr 1664 durch den Abten Ildefons Nigrin.

FVrente VVLcano IpſoDIe DotatorIs annIVerſarIo InCIneratVs InterItVs LoCo VtI feLIX e CInere PhœnIX reVIVIſCens fVrreXIt. Iſt das Jahr 1746. in welchem das Kloſter den 10. Jänner (als an Herzog Brzetislaws Sterbtag) durch unvorſichtiges Feuer eingeäſchert wurde.

Dieſem fügte der letzte Beſitzer des Bildes P. Wenzel Martinek, Pfarrer daſelbſt, auch die letzte Aufhebung bey: StetIt In proſperIs & aDVerſIs trIgInta noVeM annIs, & LICet non LabatVr, LeVatVr. Das iſt 1785.

Solchergeſtalten nahm dieſes S. Prokopsklofter wieder ein Ende; doch rührte ich mit dem im Ruf der Wunderwerke ſtehenden Bilde des h. Prokops und deſſen Altar nicht, und brachte es mit Vorſtellung dahin, daß die Pfarre aus dem Städtchen in die Kloſterkirche übertragen, dem Pfarrer ein Kaplan und Sakriſtaner beygegeben wurde, damit doch wenigſtens dort noch der Gottesdienſt unterhalten, und der heilige Prokop in ſeiner Kloſterkirche verehret würde.

Nebſt den Gütern, das iſt: dem, in 1. Städtchen und 12 Ortſchaften beſtandenen Gute Sazawa,

dann

dann den zwey Höfen im Dorfe Trzebaul, hatte dieses Kloster an Kapitalien 2048 fl. anliegen, und die Seelenmeßenstiftungen betrugen an Kapitalien 6650 fl. für folgende Abgestorbene.

Für Georg Sackmüller von Hohenfurth, welcher dem Kloster das Dörfchen Mezoles schenkte, dessen Werth auf 1500 fl. geschätzet wurde; dafür war die Verbindlichkeit den 4. September ein Anniversarium, und des Jahrs 52 Messen zu lesen, das ist alle Wochen eine.

Für den Grafen Johann Viktorin von Waldstein und dessen Gemahlinn Gräfinn Josepha Karolina, welche von dem Güterverkauf 1500 fl. nachliessen, ein Anniversarium den 26. März, und des Jahrs 12 gesungene Requien, mithin für jeden Monath eines.

Für Silvia Polcrina von Zierotin, gebohrne Gräfinn von Waldstein, welche 500 fl. dem Kloster verehrte, ein Anniversarium den 27. Oktober, und durchs Jahr 12 Messen, das ist für jeden Monath eine.

Für Renata Hermannin, welche für sich und ihr Geschlecht 12 Messen gestiftet, u. dafür 150 fl. erlegt hat.

Für den Wohlehrw. Wenzel Kozogedsky, welcher 500 fl. auf jährliche 12 Messen, dann ein Anniversarium auf den 8. Oktob. und soviel Messen, als diesen Tag gelesen werden können, vermacht hat.

Für Katharina von Mieniczky, welche 800 fl. auf 52 Messen fürs Jahr, und ein Anniversarium auf den 11. Juny vermacht hat.

Für die Gräfinn Amalia Eva von Heisenstein, Mutter der Gräfin Sternberg, von letztwillig vermachten 500 fl. auf 4 Messen und ein Anniversarium auf den 15 Dezember.

Für Mathes Rzezatsch und dessen Ehegemahlin Dorothea auf 28 Messen 350 fl. Stiftung.

Für den Wohlehrw. Wenzel Hlawatsch, welcher mit 350 fl. 24 Seelenmessen, und ein Anniversarium auf den 14. Juny stiftete. The-

Theresia Hronin gab 100 fl. auf jährliche 4 Messen. Der Wohlehrw. Wenzel Gall eben 100 fl. auf jährliche 6 Messen. Anna Benischin vermachte im letzten Willen 300 fl. für ein Anniverſarium auf den 16 Febr. und 12 Messen des Jahrs.

Andere Anniverſarien wurden durchs Jahr gehalten: den 10. Jäner für den Herzog Brzetiſſaw, Stifter des S. Prokopsklosters; den 13. Dezember für den Grafen Ferdinand von Waldstein, die Aebte des Klosters, andere des Ordens, und sonst mehrere Guttthäter ohne besondere Stiftungen.

Es wäre aber auch billig, alle Guttthäter und jene zu wissen, welche, seitdem das Kloster wieder aus den Ruinen auferstanden ist, aus Seeleneifer sich wohlthätig bezeiget haben, um mit allen Quellen, durch welche das Vermögen des S. Prokopsklosters zuſammgefloſſen iſt, bekannt zu werden; allein dieses würde zuviel Raum fodern; einige sind bereits hin und her genannt, und hier dürfte es genug seyn, anzuführen, daß sich das Talınbergiſche, Sternbergiſche, Waldſteiniſche, Trautmannsdorfiſche, Rziczaniſche, Zierotiniſche, Audrczkiſche, Weiſenwolfiſche, Wrtbiſche, und Pöttingiſche Geſchlecht beſonders gutthätig ausgezeichnet haben, denen eine groſſe Menge anderer Wohlthäter theils mit Gelde, theils mit Silbergefäſſen, und theils mit häufigen Kirchenapparamenten und anderen Dingen nachgefolget ist.